Cautivo en una Noche de Nieve

Hasta que ella aparece y su alma se siente cautivada

Ashley Colem

CAUTIVO EN UNA NOCHE DE NIEVE

First edition. January 14, 2024.

ISBN: 979-8224730070

Written by Ashley Colem.

Also by Ashley Colem

Bien Trop Brutal
Obsede Par Elle
Limite dépassée
Amour Improbable
Kataliya, la Parfaite Élue
Le Choix Ultime d'un Seul Amour
Réveille-toi, Barbara
Sexe à Répétition
Taïna est en feu
Captive d'une Nuit Enneigée: Jusqu'à ce qu'elle apparaisse et que son âme se sente captivée
Ces Attouchements Tabous: Cette nuit-là, il a changé ma vie pour toujours
Épuisement: Sienna est peut-être jeune, mais son corps sait ce dont il a besoin
Il va l'avoir: William veut Jesse plus que tout au monde
La Femme de ses Rêves: Il est obsédé par la jeune beauté qui lui a volé son cœur
Le No 1 des Connards: Il ne cherche pas d'excuses pour ce qu'il est ou ce qu'il fait
L'étrange Mariage du Milliardaire
Maintenant... Elle est à moi pour Toujours: Je mets un bébé dans son ventre et une bague en diamant à son doigt
Piégé par elle

Tenir si Fort: Il ne savait pas qu'une obsession pouvait s'emparer de lui aussi fort

Un Alpha de Mauvais Caractère: Aucune femme n'a jamais été capable de le gérer

Un Échange Très Étrange: Le destin de Cian et de Serenity, croisés dans un lycée américain

Limite Superato

Amore Improbabile

Kataliya, la Perfetta

La Scelta Definitiva di un Singolo Amore

Sesso ripetuto

Taina è in Fiamme

Esaurimento

Intrappolato da lei

La Donna dei Suoi Sogni

Lo Stronzo #1

Ora è mia... per sempre

Prigioniero in una Notte di Neve

Sta per Averla

Stringere Così Forte

Obsession: Tout a changé la première fois que Jackson a vu Dina

Svegliati, Barbara: Stare con Clark diventa un grosso problema

Agarra tan Fuerte

Atrapado por ella

Cautivo en una Noche de Nieve

El Éxtasis de lo Prohibido: Después de que Nadia descubre que Bady la engaña

El gilipollas nº 1: No pone excusas por lo que es o por lo que hace

Ella es mía Ahora... Para Siempre

La Mujer de sus Sueños

L'estasi del Proibito: Dopo che Nadia scopre che Bady la tradisce

L'extase de l'interdit: Après que Nadia découvre que Bady la trompe

Límite Excedido

Obsesionado con ella: Finalmente tengo la oportunidad de hacerla mía

Taïna está en llamas

Un Alfa con mal Carácter

Oh, noche nevada, las estrellas brillan intensamente. Es la noche de la gran caída del leñador. Su corazón había permanecido durante mucho tiempo en un sueño eterno. Hasta que ella apareció y su alma quedó cautivada.

Un estremecimiento de esperanza, el mundo del romance se regocija. Porque una nueva y gloriosa historia está a punto de comenzar. Abre tus lectores y lee esta historia.

Capítulo 1

conexión

"Dicen que nos caerá encima un pie de nieve. Quizás quieras conseguir algo de pan. Nos estamos quedando sin dinero".

"Henry, Conn hace su propio pan". La esposa de Henry empuja al anciano a un lado para agarrar mi leche. Lo agita en mi cara. "Conn, ¿quieres esto en una bolsa?"

"Yo lo llevaré".

"Parece que tienes lo necesario para un buen guiso. Aunque no veo carne aquí. ¿Vas a usar venado? Escuché que pescaste un buen dólar el otro día. ¿Un diez puntos?

"No hay diez puntos por aquí", murmura Henry. Está sentado en un taburete detrás de la caja registradora con un trozo de cecina pegado a un lado de la boca.

"El hecho de que tú no tengas suerte no significa que Conn tampoco la tenga. Díselo tú, Conn. La vieja Karen mira hacia arriba a través de sus anteojos de montura redonda.

A espaldas de Karen, Henry me lanza una mirada de advertencia. Ésta es la razón por la que no vengo mucho a la ciudad. Es muy fácil pisar una mierda incluso si estás mirando por dónde vas. Me revuelvo el cabello rapado en la parte superior de la cabeza y busco una respuesta que los haga felices a ambos. "No puedo decir que haya visto dólares de ese tamaño por ahí".

Henry grita. "Te lo dije."

"Eso no significa que no exista", agrego apresuradamente.

"Así es." Karen golpea la bolsa de harina con demasiada fuerza. Me estremezco. "El hecho de que no los veas no significa que no estén ahí afuera".

"Si existieran, los habría visto y como ni yo ni Conn, que vive en el maldito bosque, tampoco, ellos no lo hacen. Eso es... ¿cómo lo llamas?

"No es nada", insiste Karen y me lanza un bastón de caramelo. "Aquí. Pon esto en uno de tus pinos. Sé que no estás decorando un árbol de Navidad".

"Sí, señora." Deslizo mi tarjeta en el lector.

"Déja al chico en paz. Si no quiere celebrar la Navidad, no debería tener que hacerlo".

"Es porque no está casado", responde Karen, arrancando el recibo. "Deberías casarte, Connecticut. Tu esposa puede poner un árbol. Esta vez te gustará más con las decoraciones. Siempre me animan".

"No me gustan. Tienes demasiadas malditas cosas, Karen. No necesitamos mierda interior y exterior".

Agarro mis dos sacos, me pongo una bolsa de comida para perros en el hombro y salgo corriendo de allí como si tuviera la cola en llamas. Bear me saluda con un ladrido áspero cuando salgo de la tienda. Sacudo la cabeza. "Vamos."

El husky se pone de pie y corre hacia el camión. Tiro la comida en la parte de atrás y luego abro la puerta principal para que él entre. "Recuérdamelo cuando vuelva a estar bajo para no tener que venir a la ciudad", le digo a mi hijo. Su lengua cuelga y asiente con entusiasmo. Le rasco bruscamente alrededor de las orejas antes de subirme al asiento del conductor.

Cuando me mudé aquí a Pine Hollow hace cinco años, pensé que disfrutaría el ambiente de un pueblo pequeño, pero solo un poco de exposición me hizo darme cuenta de que a la gente de los pueblos pequeños les faltaban tantas bellotas en el árbol como a la gente de la gran ciudad. Todo lo que necesito en la vida es una computadora, un buzón, mi perro y una estufa. El contacto con otras personas es innecesario.

El viento comienza a aumentar mientras conduzco hacia mi albergue ubicado treinta minutos al norte de Pine Hollow. No hay nada encima de mí excepto unas cuantas cabañas que permanecen vacías durante el invierno y trescientos acres de árboles y senderos. Yo mismo corté algunos de esos senderos y algo de la naturaleza me proporcionó.

Es un santuario y no quiero que lo molesten, así que cuando me cruzo con otro coche que avanza lentamente por la carretera, frunco el ceño y lo paso. Los caminos hasta aquí deberían estar vacíos. La nieve comienza a caer y la luz del día se va desvaneciendo poco a poco. Presiono el pedal del acelerador. Es agradable estar en casa mientras el sol se pone sobre el lago.

Voy a tirar un par de mocosos a la parrilla y abrir una cerveza. Más tarde trabajaré un poco, pero lo bueno de trabajar por cuenta propia es que haces cosas cuando quieres y ahora mismo quiero relajarme en el porche con Bear a mi lado mientras el sol se baña en el agua. .

"¿Cómo suena eso?" Le pregunto a mi chico.

Él ladra en señal de acuerdo. Los perros son realmente el mejor amigo del hombre. No hace falta que digas una palabra, pero están de tu lado. Un verdadero viaje o muerte. Le doy otro rasguño a Bear mientras giro a la izquierda por mi camino. La vista que me saluda me hace fruncir el ceño.

"Retrocede, Bear", ordeno. Lo hace inmediatamente. Me acerco y tomo la pistola de mi guantera. La cadena que cuelga a unos cuatro pies del suelo al otro lado de mi camino está sobre la gravilla. Hay huellas de neumáticos que no coinciden con las de mi camión presionadas en la arena y la roca. Dejo el arma en mi regazo y cruzo la cadena. El camino a mi casa tiene muchas curvas. Lo hice de esa manera para que no fuera fácil llegar a mi casa. Vería gente venir y tendría tiempo para prepararme, pero también significaría que la gente delante de mí puede esconderse y preparar una emboscada. Mantengo un dedo en el gatillo de mi arma mientras ruedo por la carretera.

Nadie aparece en la primera curva ni en la segunda. No es hasta que la línea del techo de mi albergue atraviesa los árboles que diviso al intruso... o el coche del intruso. Es un Honda último modelo: gris y tan sencillo que parece que podrían haberlo sacado de un estacionamiento militar. Reviso mi rolodex mental y trato de relacionar a cualquiera de mis antiguos camaradas con este auto, pero no encuentro nada.

"Quédate", le digo a Bear. Él asiente y me mira en silencio mientras detengo el camión y salgo de él. El coche gris está al ralentí y los gases de escape del motor se elevan en espiral. A excepción de una pequeña figura en el asiento del conductor, el coche parece estar vacío. Las apariencias engañan. Me quito el seguro y me acerco sigilosamente al coche. Nadie me dispara. No se bajan las ventanillas. La persona en el vehículo no parece moverse.

Golpeo mi mano contra el cristal una vez. La figura se incorpora de un salto, el pelo largo ondeando cuando el conductor se gira hacia mí. Unos ojos azules, muy abiertos y brillantes, se encuentran con los míos de color marrón oscuro.

"Mierda."

Capitulo 2

Fe

"Es un leñador", le susurro a Smittens, que está acurrucada en su cama en el asiento trasero de mi auto. No sé por qué le encantan tanto los viajes en coche. Lo único que hace es dormir todo el tiempo, pero si me voy sin ella, maúllará hasta que regrese. Ya me echaron de un apartamento por eso. "Parece enojado".

"¿Qué estás haciendo?" Pregunta el hombre mientras retira la mano de mi ventana. Me sorprende que no se rompiera con la fuerza con la que lo golpeó. Tiene suerte de que no me oriné por la forma en que me sobresaltó. Mi vejiga ya estaba a punto de estallar; no necesitaba ninguna ayuda.

"Necesito orinar." Abro la puerta. Salta hacia atrás antes de que pueda golpearlo. "Lo siento." Salto, sin estar preparado para el suelo resbaladizo. Mis botas, que son lindas y peludas, están hechas más para lucir adorables y no tanto para la nieve real. No tienen absolutamente ninguna tracción. Me doy cuenta de esto un poco tarde cuando empiezo a caer. Dos brazos gigantes me atrapan antes de que pueda enfrentarme a Plant.

"Joder", ladra de nuevo.

"Tienes una boca terrible". De hecho, mis ojos se dirigen a su boca que está rodeada por una bonita barba recortada. Su boca es realmente agradable. ¿Atractivo? ¿Llamas besable a la boca de un leñador?

"¿Qué demonios es eso?" Giro la cabeza y veo a Smittens saltando del coche.

"¡Golpes!" La llamo mientras se dirige al porche delantero de la linda cabaña frente a la que he estado sentada durante los últimos veinte minutos. El Sr. Lumberjack me pone de pie mientras un perro parecido a un lobo pasa corriendo junto a nosotros hacia Smittens.

"¡Ay dios mío! Consigue a tu perro. ¡Ella lo matará! Grito, liberándome del agarre del hombre para intentar salvar al perro. Smittens puede ser una cosa pequeña, pero ella puede ser mala cuando quiere.

"¡Oso!" El hombre le grita a su perro. Smittens se da vuelta, dándole al perro una mirada asesina mientras su espalda se levanta. El perro se detiene y cae de costado. Me quedo allí en shock. ¡Santo cielo!

"¿Ella lo mató?" Yo susurro. Veo mover la cola del perro y dejo escapar un suspiro de alivio. Es de corta duración. "Orinar. Tengo que orinar". Me giro hacia el hombre y agarro su abrigo para que me mire y vea lo serio que hablo. "Tengo miedo de hacerlo aquí. Algo podría morderme o mi orina podría congelarse. ¿Es eso siquiera una cosa? Me mira como si estuviera hablando otro idioma. "¡Abre la puerta!" Grito la última parte. Voy a usar su baño le guste o no. "Ahora." Lo mando a pesar de que es mucho más grande que yo.

Me agarra del codo y me lleva hacia la casa y escaleras arriba. No estoy seguro de si me está maltratando o asegurándose de que no tenga otro desliz. Parece tan serio. Probablemente tenga miedo de que rompa mi botín y trate de demandarlo o algo así. De cualquier manera, abre la puerta y eso es todo lo que importa. Smittens entra corriendo a la casa como si fuera la dueña del maldito lugar. No me sorprende en lo más mínimo su comportamiento. El perro gigantesco salta y la sigue.

"¿No estaba cerrado?" Podría haber orinado hace mucho tiempo. Ni siquiera había pensado en revisar la puerta. ¿Quién no cierra su puerta? Esperar. Soy yo quien entra en la casa de un hombre que no conozco en medio de la nada. Posiblemente debería reprimir cualquier juicio.

"Baño." Me guía hacia adentro sin responder mi pregunta. Señala una puerta. Me lanzo hacia allí antes de que mi vejiga explote. Es una lucha quitarme todas mis cosas de invierno lo suficientemente rápido y bajarme los pantalones. Dejo escapar un gemido cuando finalmente siento alivio.

"¿Qué carajo está pasando?" Escucho al hombre decir en la otra habitación.

"Me meo." Grito mi respuesta para que pueda oírme a través de la puerta. Murmura algo que no puedo oír.

"¿Qué?" Me levanto y me lavo las manos. Él no me responde. Me miro al espejo. Vaya. Me veo hecho un desastre. Intento alisar mi cabello, recordando que hay un leñador caliente afuera de la puerta. Cierro los ojos pensando en los últimos tres minutos de mi vida. Mi cabello no es lo único que es un desastre. Yo también caigo en esa categoría. Este tipo probablemente piensa que estoy loco.

Hago lo mejor que puedo para arreglar mi apariencia. Esto es lo mejor que puede llegar a ser. Me meto un mechón de pelo detrás de la oreja. Esperar. Meto la mano dentro de mi suéter y enciendo las luces para que se ilumine. Es azul marino pero tiene copos de nieve blancos que se iluminan. Eso me hace sentir un poco mejor. Podría distraer la atención de mi cabello. Me inclino y recojo mis guantes, abrigo y bufanda antes de abrir la puerta del baño y asomar la cabeza.

Mis ojos se dirigen directamente a Smittens, que ha hecho una cama con el perro. En realidad, ella está acostada encima de él. El señor Lumberjack se eleva sobre ellos mientras los mira fijamente desde su sofá. Parece como si hubieran hecho exactamente esto cientos de veces.

"Lo lamento." Hago un gesto hacia el baño. Su cabeza se dispara y sus ojos se fijan en los míos. Los latidos de mi corazón se aceleran. Realmente es guapo en un sentido rudo. Me lamo los labios mientras lo asimilo todo. "Sobre toda la charla sobre orinar". Ahí voy de nuevo. ¡No puedo dejar de hablar de eso! ¿Qué está mal conmigo? Necesito cambiar de tema.

"¿Dónde está tu árbol?" Pregunto, mirando alrededor de su cabaña. Es rústico pero tiene un aire moderno. Sin embargo, no hay ninguna decoración navideña.

"Tu suéter se está iluminando". Sus cejas se fruncen para formar lo que parece un ceño fruncido. ¿Qué clase de persona fruncíría el ceño ante este adorable suéter?

"¿Hermoso, verdad? Tengo más. Estan en el carro." Señalo mi auto, mirando por la ventana delantera. La nieve está cayendo como loca ahora. Esa mirada de mal humor no cambia con la noticia de mis suéteres adicionales. Este tipo es un hueso duro de roer. "Realmente está bajando ahora", insinúo, esperando que no me haga volver a salir. No muerde de inmediato mientras continúa mirándome. Parece como si no supiera qué hacer conmigo.

"No se puede conducir ese tipo de coche en este lugar. Ni siquiera es legal". Oh, gracias a Dios, pensé que nunca me ofrecería quedarme.

"Supongo que me quedaré a pasar la noche". Bromeo pero él no se ríe. "¡No es mi culpa que no tengas números al final de tu camino de entrada! No fue hasta que estuve en la casa que vi que era el lugar equivocado". Resoplo porque está siendo un gran idiota. Quiero decir, había hecho un esfuerzo adicional para ser amigable e incluso encendí las malditas luces del suéter. Lo mínimo que puede hacer es intentar ser un poco amable. ¿Le mataría sonreír?

"¿Así que te quitaste la cadena y condujiste por el camino de entrada?" Cruza los brazos sobre el pecho, haciéndolo parecer más grande de lo que ya es.

"Mi teléfono murió. Decía dos millas más y pensé que era lo correcto".

"Tu teléfono murió", repite.

"Bueno, traje un cargador de coche pero no funcionaba o algo así". No quiero admitir que compré uno para un tipo diferente de teléfono. No me di cuenta hasta que fui a usarlo y ya era demasiado tarde.

Se pasa una mano por la cara. "¿Adónde intentabas ir?"

Divago sobre la dirección.

"Estás a una ciudad de distancia". Él niega con la cabeza. "¿Eres una de las mujeres de King?" Sus ojos recorren mí. Sus cejas se fruncen como si no lo creyera. No sé cómo es una de las mujeres de King, pero supongo que no paso el corte según el Sr. Lumberjack, cuyo nombre todavía no sé.

"Me reuniré con un tal Sr. King". Al menos se suponía que debía serlo. Estoy alquilando una pequeña cabaña por un mes. Necesitaba alejarme. Pensé que un mes de exclusión me vendría bien. Dejé atrás a mi horrible ex e igualmente horrible hermanastra, Trish, que se estaba tirando a mi ahora ex. ¿Quién sabe cuánto tiempo había estado sucediendo? No es de extrañar que nunca intentara meterse en mis pantalones. ¿Por qué no simplemente salir con ella para empezar? Nada de eso tenía sentido para mí. Y piensan que soy el raro.

Este año no iré a ninguna fiesta familiar. Todos pueden chuparlo. Sus vacaciones serán aburridas sin mí allí para hacer que el día brille con toda mi alegría navideña. La Navidad es mi fiesta. Yo hago todo el trabajo. Me aseguro de reunir a todos. Sé que es porque me siento como el extraño. Mi papá se casó con una mujer que tenía dos hijas y un hijo. Mi mamá está fuera de escena. Ella ha sido así toda mi vida. Creo que mi papá estaba tratando de hacernos una familia, pero en realidad me perdí en la confusión a pesar de que trabajé duro para tratar de encajar.

Espero con ansias la Navidad todos los años y no puedo evitar pensar que mi hermanastra se aseguró de que toda esta gran explosión al acostarse con mi novio ocurriera durante el Día de Acción de Gracias a propósito. Simplemente me levanté y salí. Peor aún, mi propio padre no me persiguió. Nadie lo hizo. Todo lo que escuché fueron gritos y chillidos por un novio que de todos modos apestaba. Sólo salí con él porque Trish me rogó que lo hiciera.

"No con este clima, no lo estás". Deja caer los brazos que están cruzados sobre su pecho. "Tu gato ya está dormido y el sol se está poniendo".

"Ella siempre está dormida". Golpeé mi mano en su dirección. Aunque normalmente no duerme con perros. A ella le gusta sentarse en su hamaca en mi apartamento y silbarles cuando pasan por la calle de abajo. Ahora ha hecho una cama para uno. "Además. No pareces muy emocionado de que me quede a pasar la noche. Ni siquiera te reíste de mi broma acerca de quedarte aquí a pasar la noche —digo, aunque en realidad no estaba bromeando. Cruzo los brazos sobre el pecho, fingiendo que estoy ofendida.

"Porque no fue una broma". Con eso, sale por la puerta principal, dejándome allí parada. Lo sigo, pero me detengo cuando llego a la puerta y me doy cuenta de que no tengo puesto mi equipo de invierno y que hace mucho frío. Observo cómo comienza a sacar cosas de mi auto y a llevarlas adentro.

"¿Qué estás haciendo? No necesito todo esto por una noche".

"Es mejor tenerlo aquí. Tus puertas podrían congelarse", me dice antes de salir de nuevo. Observo cómo trae todo. Se necesitan casi cinco viajes.

"¿Cómo conseguiste tanta mierda en ese auto pequeño?"

"No es una mierda". Defiendo mis cosas. Me mira como si no me creyera. Intento mirarlo fijamente pero no hace nada. Sabía que no sería así porque me faltan mis habilidades deslumbrantes. Debería aprender una lección de él.

"Realmente estás jugando a ser un leñador gruñón".

"No soy un leñador".

"¿No cortas leña?" Mis ojos se dirigen a la chimenea que tiene leña cargada al lado.

"No me convierte en un leñador".

"¿Podemos hacer fuego?" Doy un paso hacia la hermosa chimenea rodeada de piedra. Me pregunto si es original de la casa.

"¿Puedes mantenerte en el tema?"

"Claramente me quedo. Quiero decir que no tienes que rogarme. Ya trajiste todas mis cosas". Mi turno. Él mira mi suéter. Él sigue mirándolo. "Es lindo."

"¿Te diste cuenta de que los copos de nieve están justo sobre tus tetas?"

Levanto mis manos, cubriendo mis senos como si se estuvieran mostrando. Él esboza una sonrisa. El primero y es increíblemente hermoso. Intento otra de mis miradas que solo lo hacen negar con la cabeza.

"Vamos, oso". Le da palmaditas en la pierna pero el perro no se mueve. Smittens se pone de pie, palpando su entorno y poniéndose cómoda nuevamente en una nueva posición encima del perro.

"Sí, Smittens consigue lo que quiere".

"Esta es mi casa." Vuelve a darse palmaditas en la pierna. Bear no se mueve ni un centímetro.

Miro a mis Smittens. "Ya no."

Capítulo 3

Mi casa ha sido invadida. Mi espacio ha sido... ¿violado por una chica que no llega mucho más arriba de mi pecho y un gato aún más pequeño cuyo nombre es Smittens? ¿Quién diablos nombra algo, y mucho menos esa criatura malvada, Smittens?

"Te prestaré mi coche", declaro. No puedo permitir que se quede aquí mucho más tiempo. El olor de la casa ya está cambiando. Se está volviendo... más dulce. Odio la mierda dulce.

"¿Para qué?"

"Para que puedas conducir hasta la casa de King". Lo último que quiero hacer es involucrarme con las mujeres de King. Todos son una especie de desastre. Vivo aquí en el bosque para evitar los líos y la gente.

"No sé conducir un camión". Se acerca más a la chimenea. "Creo que se necesita una licencia especial para eso. Sólo conduzco coches y específicamente mi coche. Ya sabes que cada coche tiene su propia personalidad. La mía (por cierto, se llama Minnie) es muy temperamental. No le gusta el frío extremo ni el calor extremo. Tampoco es muy buena filtrando polen, pero a pesar de todo, siempre viene cuando la necesito. Como hoy, aunque estaba nevando y no tengo esos neumáticos especiales para la nieve, ella llegó bien a tu casa".

Aprieto el puente de mi nariz. Esto no va como creo que debería y no estoy seguro de qué hacer. No puedo sacarla físicamente porque tendría que tocarla y es una pieza tan caliente que si pongo mis manos en cualquier parte de su cuerpo, especialmente cerca de su espectacular rack, sé que voy a terminar acostándola. en la primera superficie horizontal y follándola a la luz del día.

Pero salvo recogerla y ponerla en mi camioneta, ¿cómo diablos voy a sacarla? Se sienta frente a la chimenea y comienza a rascar a Bear detrás de las orejas. Él deja escapar un gemido lastimero y apoya la cabeza en su pierna. Su nariz no está tan lejos del coño de la chica y tengo esta repentina e irracional oleada de celos por mi maldito perro. Esto es una pesadilla.

"Tengo un auto."

Ella ladea la cabeza. "¿Qué es eso?"

Desde este ángulo, puedo ver la parte superior de sus tetas, todas rosadas y saltarinas. Me lamo los labios. Sabría bien. Lo sé con certeza. Sus tetas sabrían a melocotón y su coño sabría a crema. Me pregunto qué tan sensible es ella. ¿Vendría enseguida o necesita un poco de trabajo? No me importa de ninguna manera porque ambas son buenas. Si viene enseguida me la volvería a comer y si necesita un poco de trabajo, más placer para mí... Me doy una sacudida. No necesito viajar por ese camino. Mis pantalones de trabajo ya se sienten apretados. ¿Qué estaba diciendo? Oh, sí, mi auto. Mi bebé. Mi clásico Shelby Mustang de 1967 hecho a medida y valorado en 2 millones de dólares. Tiene 427 caballos de fuerza y, aunque probablemente se maneja como un culo en la nieve, tiene suficiente potencia de motor para impulsarla hasta King's.

La chica frente a mí parece pertenecer a ese Mustang. No hay mucho asiento trasero, por lo que el mejor lugar para hacerlo sería el capó. Tendría que empujar sus tetas sobre la capucha, bajarle esos pantalones y separarle las piernas para que su coño estuviera abierto y listo para mí. Ella se excitaría, por supuesto, porque es el Shelby y ¿a quién no le excitaría eso? La crema goteaba por su pierna y yo frotaba la cabeza de mi polla en su semen hasta que estaba resbaladizo con su jugo. Luego me estrellaría contra ella y haría que esas tetas rebotaran en su pecho. Levantaba su trasero hasta que estaba de puntillas y tenía que depender de mí para mantener el equilibrio. Lo único que la mantendría erguida sería mi dura polla en su coño mojado.

La chica se aclara la garganta. "Um, antes de que se te ocurra alguna idea", envía una mirada fija hacia mi entrepierna y mi polla se mueve alegremente en respuesta, "tal vez deberíamos presentarnos. Soy Fe". Ella extiende su mano en mi dirección.

Me pregunto qué haría si tomara su palma y la pusiera sobre mi dolorida polla. Sí, es obvio a través de mis pantalones de trabajo de lona holgados que actualmente estoy en plena atención. Además, incluso estrecharle la mano será peligroso. Me giro abruptamente y cruzo hacia una pequeña fila de ganchos cerca de la puerta que separa la cocina del garaje. Agarrando las llaves de Shelby, regreso y se las lanzo. Ella no hace ningún movimiento para atraparlos y caen al suelo a sus pies. Bear está en el paraíso de los perros y ni siquiera mira en mi dirección. El gato da un amplio bostezo y su pequeña lengua se curva con desdén antes de que Smittens vuelva a colocar su cabeza sobre sus patas.

Faith aprieta sus bonitos labios y niega con la cabeza. "Tengo demasiado calor para irme ahora. Además, estoy seguro de que probablemente sea un delito obligar a alguien a dejar un fuego, un perro y un gato. Incluso si no es un crimen real, ambos sabemos que sería completamente inmoral, así que voy a fingir que no hay llaves de algún auto del que nunca antes había oído hablar a mis pies". Da unas palmaditas en la alfombra a su lado. "Ven y tómate un descanso. Debiste haber querido sentarte junto al fuego, ¿verdad? ¿O por qué si no encenderías uno? Te contaré todo sobre mi horrible fin de semana y tú puedes contarme el tuyo".

Lanzo una última ofensiva desesperada. "Si no te vas, te voy a follar en la alfombra frente a Bear y Smittens, así que o tomas las llaves o te quitas la ropa".

Capítulo 4

Cubro las diminutas orejas de Smittens. "No hables así delante de ellos". No puedo luchar contra mi reacción ante sus crudas palabras. Me siento extrañamente atraído por el leñador gruñón que todavía no me ha dicho su nombre pero ha dicho que me follaría. Debería estar consternado. No creo que nadie en toda mi vida me haya hablado así.

Mis ojos se dirigen a las llaves que todavía están en el suelo junto a mí. Sopeso mis opciones. Podría tomar el auto y salir de aquí o aceptar la oferta del Sr. Lumberjack. Agarra las llaves antes de que pueda decirle mi respuesta. Miro hacia arriba y me encuentro con sus ojos que ahora parecen llenos de deseo.

"Demasiado tarde." Mete las llaves en el bolsillo de su pantalón. "King perdió su oportunidad".

"Ya pagué el alquiler del mes. No creo que esté perdiendo nada". A este tipo King probablemente no le importe si aparezco o no. Ya tiene su pago por el alquiler de la cabaña. "Además, acepto tu oferta". Asiento, habiendo tomado una decisión. "Después de acostar a los niños". Levanto mis manos de las orejas de Smittens y beso la parte superior de su cabeza.

"¡Qué!"

Vuelvo a mirarlo. Creo que lo sorprendí un poco con mi aceptación de su propuesta. "Tienes un trato, Jack". Lo juro, él y yo no hablamos el mismo idioma pero creo que el sexo es universal, así que no importa.

"Mi nombre es Conn", me corrige.

"Mmm." Me debato qué nombre me gusta más. "Pero te pareces más a un leñador". Estudio su rostro. Su mandíbula es dura. Sus rasgos faciales son nítidos. Dejé que mis ojos recorrieran todo él, observando cada parte de él. "Sí, también puedo ver a Conn. Supongo que te llamaré así".

"Preferiría que me llamaras por mi nombre cuando te estoy follando".

Vuelvo a tapar las orejas de Smittens con las manos. "Lo vas a conseguir", le siseo. Realmente sólo estoy bromeando con él. Por supuesto, Smittens no tiene idea de lo que está diciendo, pero estoy tratando de que Conn esboce una sonrisa. Incluso si es sólo uno pequeño.

"Tienes razón. Lo voy a conseguir". Despeja los últimos pasos entre nosotros. Con un movimiento rápido me levanta del suelo. "¿Sabes lo que acabas de aceptar?"

"Sexo de venganza". Se detiene a medio paso. No estoy muy seguro de hacia dónde se dirige. Tal vez a su dormitorio para que Smittens y Bear no vean los momentos sexys. Nunca antes había hecho algo así en mi vida, pero después de cómo sucedió todo en casa, voy a dejar de lado la precaución y disfrutaré de este gran hombre. Parece que es exactamente lo que necesito para olvidar que mi vida es un desastre.

"¿Sexo de venganza?" él pregunta. Su expresión facial cambia. Es difícil saber si se puso más de mal humor. ¿Era eso posible?

"Sí. ¿No es así como lo llaman? ¿Para superar a un chico, te sometes a otro? Espera, ¿cuenta si nunca estuve bajo mi ex? Conn me deja caer en el sofá. Una vez más se pellizca el puente de la nariz. Parece frustrado pero no estoy seguro de por qué.

"Quiero aclarar esto antes de perder la cabeza".

"Parece que ya has superado ese punto". Puedo decir que Conn está librando algún tipo de batalla interna consigo mismo. Simplemente no sé si se trata de que él esté haciendo cosas sucias conmigo. No veo por qué tiene que ser una batalla. Estoy dispuesto a perder la tarjeta V con este sexy leñador. Estaba buscando una aventura. Algo para dejar de pensar en mi familia y eso es exactamente lo que encontré. Aunque es grande por todos lados, de alguna manera sé que hará que esto sea bueno para mí.

"¿Puedes dejar de hablar durante dos minutos?"

Asiento con la cabeza. Creo que puedo manejar eso. Sin embargo, Smittens no está de acuerdo. Ella maúlla mientras vuelve a hacerle una cama a Bear. Él sigue mirándome. Sé que es porque quiere que vuelva al fuego y lo acaricie un poco más.

"¿Estás saliendo con King?" Sacudo la cabeza, no. "Entonces, ¿por qué ibas a su casa?" Lo miro, pensando que sólo han pasado unos treinta segundos de mis dos minutos de silencio. "¿Vas a responderme?" Abro la boca y luego la cierro. Está tratando de engañarme para que hable. Me quedo callado porque soy competitivo y no voy a perder esto.

"Puedes hablar." Él gruñe. Por alguna razón, no me sorprende en lo más mínimo cuando el sonido proviene de él. El gruñido es bastante apropiado de su parte. Tampoco ayuda con mis pezones endurecidos. No puedo echarle la culpa al frío. La chimenea había hecho un buen trabajo calentándome, pero fue su sucia propuesta la que me calentó por completo.

"Le estoy alquilando una cabaña", respondo. ¿Vuelvo a caer bajo la regla de los dos minutos de no hablar? No estoy seguro, así que me quedo ahí sentado con la boca cerrada. "Ya te he explicado esto". Cruzo los brazos sobre el pecho con frustración. Obviamente, es gordo por todas partes, no sólo por su cuerpo. Dios, esos muslos probablemente tengan el poder de llevar a cualquier mujer al orgasmo.

"No te encubras". Sus ojos me recorren de pies a cabeza. Mantengo mis brazos sobre mi pecho porque ahora me estoy molestando con él. No me gusta que me digan que no hable. Mi hermana siempre decía que hablaba demasiado. En eso divagaba.

"No hables, no te tapes, no te quedes aquí", le digo con aspereza porque me está volviendo loca. Pongo mis manos en mis caderas hasta que me doy cuenta que sin darme cuenta lo escuché. Luego los levanto y los cruzo nuevamente sobre mi pecho. Juro que veo su labio levantarse un poquito. Regreso a la chimenea y pongo mis manos sobre los oídos de Smittens. "¿Vas a quitarme la virginidad o no?"

Capítulo 5

conexión

El teléfono suena antes de que pueda contestar. Sabía que nunca debería haber instalado ninguna tecnología en mi casa.

"Vaya, un teléfono fijo. Tienes un teléfono real en tu pared". Salta del suelo y corre a la cocina para inspeccionar la máquina infernal. "¡Y es un dial giratorio! ¿De dónde has sacado esto?"

Actúa como si no me hubiera pedido simplemente que me la follara. Me rasco detrás de la oreja y miro confundida mientras ella inspecciona el teléfono.

"Vino con la casa". Me acerco y cuelgo las llaves del coche en el gancho. El sol casi se ha puesto. Bear se pone de pie y se acerca a su plato. Golpea el recipiente vacío de acero inoxidable con la nariz. Meto la mano en el frigorífico y saco la comida para perros. Smittens debe oler la carne porque ella también viene corriendo y enrollando su pequeño cuerpo alrededor de las piernas de Bear.

"¿No vas a contestar?"

"No." Vierto la mezcla de carne en el tazón y luego busco uno más pequeño para Smittens. "¿Qué come tu gato?"

"¿Y si es importante?"

"Volverán a llamar". Justo en el momento justo, los anillos se cortaron. "¿Qué come tu gato?" Repito.

"Oh, um, comida para gatos". Faith se acerca sigilosamente a mí. Toca con el dedo un trozo de carne cruda. "¿Esto es comida para perros? Creo que tu perro come mejor que yo. ¿Qué hay aquí? ¿Guisantes, zanahorias, filete?

Huele a árbol frutal. Quiero desquiciar mi mandíbula y tragármela entera, pero ella está aquí pidiéndome recetas de comida para perros. "Avena", gruñí.

"¿Avena?"

"Ácidos grasos. Tiene yemas de huevo, bistec, zanahorias, guisantes, espinacas y avena".

"Eso es mejor de lo que suelo comer. Mmm." Su pequeña lengua sale.

Es un poco pequeña, pero tal vez sea porque no come lo suficiente. Su coche es una edición extranjera de último modelo: fiable pero no lujoso. Su ropa luce decente. Quiero decir, su suéter se ilumina y me imagino que no puede ser barato, ¿verdad? Quizás gasta todo su dinero en ropa y no tiene suficiente para comer. Supongo que debería alimentar a la chica antes de hacer cualquier otra cosa, ya sea follarla o enviarla a King's. La idea de enviarla a King's me cabrea muchísimo, así que me concentro en la comida.

"¿Te parece bien que le dé un poco a tu gato?"

"No sé. ¿Qué pasa si Smittens come esta comida y luego rechaza la comida para gatos? Soy una cocinera terrible y no puedo preparar una comida tan buena para mí, y mucho menos para mi gato. Pero tal vez ella entendería que estamos de vacaciones y que siempre obtienes algo especial cuando estás de vacaciones. Aunque la verdad es que no estamos de vacaciones. Estoy huyendo".

Aprieto el puño alrededor del pequeño cuenco que agarré para Smittens. "¿Qué dirías?"

"¿Emmm? ¿Que soy un mal cocinero? Levanta el cuenco y lo huele. "Ni siquiera huele a comida para perros. ¿Estás seguro de que esto es lo que come Bear y no tú? Quizás sacaste la bolsa equivocada del refrigerador". Agita una mano delante de mi cara. "¿Tienes mala vista? Eso tendría sentido para mí porque hay que tener defectos. No puedes tener calor con una visión perfecta, ¿verdad? Dios tiene que dejar algo de material para el resto de nosotros".

El rápido cambio de tema y el inesperado cumplido me dejan sin palabras. ¿Ella piensa que soy... sexy? No creo que nadie haya dicho nunca eso de mí. Gruñón. Sí. Estúpido. También si. No de buena vecindad. Doble si. Quizás ella sea la ciega. Eso tiene sentido para mí, pero lo dejo de lado porque hay algo más importante que abordar. Esta chica está en peligro.

Vierto un poco de comida para perros en el tazón pequeño que ahora está ligeramente torcido por haberlo apretado con demasiada fuerza en mi puño y lo dejo en el suelo con el de Bear. Espero hasta que las dos mascotas empiecen a comer antes de enfrentarme a Faith. "Mencionaste venganza, King, y huir. Todas esas cosas me dicen que estás en problemas, así que empieza a hablar".

Ella agita su mano. "No es la gran cosa. Sólo mi ex me engaña con mi hermanastra, eso es todo. No es que lo amara. Ni siquiera estoy seguro de que me agradara mucho. Trish, mi hermanastra, fue quien me puso en contacto con él en primer lugar. Por qué hizo eso cuando ella misma lo deseaba, no lo sé. Realmente no tiene sentido, ¿verdad?

Vuelvo a meter la comida en el frigorífico y luego me acerco a la puerta.

"¡Eh! A dónde vas?"

"Para matar a tu ex".

Faith cruza volando la habitación y se pega a la puerta. "Nooo. No quiero eso. No te lo dije para que pudieras sentir lástima por mí o vengarme".

"Dijiste que querías venganza".

"No. Dije que quería sexo de venganza". Ella me pestañea. "Esa fue mi manera de decir que está bien si quieres acostarte conmigo porque tienes calor y que si necesito perder mi tarjeta V, debería ser con alguien que no sea nada atractivo. Aunque, tal vez porque tienes calor, no estarás bien en la cama. He oído que chicos muy atractivos tienen penes pequeños y no saben cómo trabajarlos". Se golpea la mejilla con un dedo. "Pero eso no es cierto para ti porque he visto..." Se interrumpe con una pequeña tos. El rosa tiñe sus mejillas. "Bueno, ya sabes lo que he visto".

Si se refiere a la madera en mis pantalones hace unos diez minutos, entonces sí, sé de lo que está hablando. El monstruo ya se está despertando de nuevo ante su referencia casual. "Todavía quiero matarlo", le digo.

"Es una idea terriblemente agradable, pero no merece tu esfuerzo".

No lo compro. Porque los rumores dicen que King's es el lugar al que acudes cuando estás en problemas. La dirección no se le da a cualquiera y siempre es a mujeres. Los ves en la ciudad de vez en cuando, pero son reservados y no hablan mucho con nadie. Se quedan un tiempo, a veces sólo unas pocas semanas, y luego se van. Algunas personas en la ciudad creen que dirige un prostíbulo y que todas son prostitutas. Algunos piensan que está preparando espías. Pero estoy bastante seguro de que es un escondite para mujeres que están en peligro. "¿Por qué corres hacia King entonces?"

Capítulo 6

Fe

"¿Cuál es tu problema con este tipo King?" Lo miro fijamente. Mi mejor amiga, Nora, me dijo que podía confiar en King y ahora estoy empezando a sentirme un poco protectora con él. No entiendo por qué este gran leñador hace todas estas preguntas. Lo único que sé es que tiene una cabaña y estuvo más que feliz de alquilármela. De hecho, King me había dicho que si no tenía el dinero aún podía venir. Insistí en pagar mi viaje porque ahora mismo tengo el dinero. No me parecía bien no pagar cuando podía permitírmelo. Nunca he conocido a ese hombre, pero espero que sus intenciones sean buenas.

"No necesitas a King. Puedo solucionar cualquier problema que tengas". Él corta. Cruza los brazos sobre su amplio pecho. Cada vez que hace eso siento un hormigueo por dentro. Dios mio. El es guapo. Una mirada a él me hace olvidar lo que estoy diciendo o haciendo.

"Bueno, no necesito que mates a nadie". Pongo los ojos en blanco. "Eso es bruto." Sangre y policías. Un juicio por asesinato. Me encantan los buenos libros de suspenso y romance, pero no creo que me guste el libro real. Me golpeo los labios con el dedo pensando. "Pero tal vez esto del sexo de venganza funcione. Podríamos tomarnos lindas fotos juntos. Podríamos hacer que parezca que somos una pareja. ¡Entonces mi ex me dejará en paz porque verá que he seguido adelante! Una vez que vea tu tamaño..." Paso mis ojos por todo su enorme cuerpo. "Definitivamente ya no me molestará más". Me lamo los labios. No puedo evitarlo. No tengo control sobre mí mismo con este hombre. Él fue quien mencionó cómo hacerlo.

Tal vez finalmente consiga que mi ex deje de hacer estallar mi teléfono y aparecer en lugares aleatorios en los que estoy. Esa es una de las principales razones por las que me fui. Estaba empezando a asustarme mucho. No lo entiendo. ¿Me engañó pero todavía quiere estar juntos? Por alguna loca razón, soy yo la que se siente mal porque creo que mi hermanastra está enamorada de él. Como dije antes, nada de esto tiene sentido, así que lo más fácil para mí fue irme.

"¿Qué tipo de suéteres navideños tienes? Creo que nuestra foto sería muy linda si coincidiéramos. Bear y Smittens también necesitarán algo". Estoy a punto de empezar a hablar de nuevo, pero antes de darme cuenta de lo que está pasando, su boca está sobre la mía. Sus manos se hunden en mi cabello mientras toma mi boca, poseyendo cada centímetro de ella. Presiono mi cuerpo contra el suyo, queriendo estar lo más cerca posible de él. Un pequeño gemido se escapa de mis labios, lo que hace que suelte mi boca.

Estoy un poco nervioso por todo el asunto, así que digo lo primero que me viene a la mente. "¿Eso es un sí a usar el suéter navideño?" Exhalo. Tengo la sensación de que no es dueño de ninguno. "Apuesto a que puedo hacer uno con algunas luces navideñas y un suéter que ya tienes".

"¿Qué voy a hacer contigo?" Sacude la cabeza mientras me deja nuevamente en el suelo. Ni siquiera me di cuenta de que me había levantado cuando me besó. Mis labios todavía hormiguean. ¿Cómo sería si me besara en otros lugares con esa boca? Puede que no importe si es malo en la cama con una boca como esa.

"Solo escúchame. Sé que suena loco pero realmente creo que puedo hacer un suéter con algunas luces navideñas. Quiero decir, tendrás que permanecer conectado a un tomacorriente, pero es sólo para las fotografías". Lamo mis labios para probarlo otra vez. No pensé que sabría tan dulce, pero lo sabe.

"¿Tienes galletas?" Pregunto, pensando que saboreo el chocolate. Mi estómago gruñe al no recordar la última vez que comí. Es un mal hábito que tengo. O como todo lo que veo o me olvido de comer. Nora dice que soy una persona del tipo todo o nada. Creo que tiene razón. Normalmente lo es. La cara de Conn de repente vuelve a ser esa cara de mal humor que no debería sentirme atraída, pero lo estoy. Está de mal humor, eso es seguro. Quizás necesite un poco de lo que le ofrecí antes.

"Estoy seguro de que-"

"¡Oh, necesito usar tu teléfono!" Me doy cuenta de que necesito hacerle saber a Nora que estoy bien. Me lanzo a su alrededor, pero no soy lo suficientemente rápido. Su brazo rodea mi cintura y me levanta del suelo. El oso deja escapar un ladrido. Miro en su dirección y Smittens lo golpea, haciéndole saber que ya lo deje. Él cae al suelo y ella se arrastra hacia él, colocándolo en su lugar.

"No lo vas a llamar".

"Por supuesto que no llamaré a mi ex". Me muevo en su agarre, disfrutando de estar en sus brazos. En el pasado, cuando mi ex intentaba acercarse a mí, yo me alejaba. Con Conn estoy descubriendo que quiero aferrarme a él. Tal vez incluso treparlo como a un árbol. Cuanto más cerca pueda estar, mejor.

"Rey." Él medio gruñe. Podría ser un gruñido o esa podría ser la forma en que habla en general. No estoy seguro porque no lo conozco desde hace suficiente tiempo para notar la diferencia. "Lo llamaré".

"Ooookay", digo porque puede llamar a King todo lo que quiera. Claramente tienen algo de historia o algo así. "Necesito llamar a Nora. ¿Puedo llamarla primero? Se acerca a la cocina y me deja sobre la encimera. Aunque él no da un paso atrás. Coge el teléfono y me lo entrega.

"¿Quién es Nora?"

"Eres un poco entrometido", señalo. Si Nora estuviera aquí, diría algo sobre las casas de cristal, pero no es así, así que puedo salirme con la mía.

"No soy entrometido". Sus cejas se fruncen mientras piensa en ello. Probablemente se esté dando cuenta de que es un poco entrometido. Al menos cuando se trata de mí. "Tu gato está intimidando a mi perro".

Resoplo porque su defensa es poco convincente. "Lindo, ¿no?" —digo mientras empiezo a llamar a Nora y hacerle saber que no iré a King's. Al menos por esta noche. Entonces recuerdo que no sé su número de repente. Tendré que sacarlo de mi celular. Tengo otros planes que atender.

¿Quién dijo que la venganza se sirve mejor fría? Creo que es mejor servirlo con Conn caliente encima de mí.

Capítulo 7

conexión

Compruebo el identificador de llamadas del teléfono y confirmo mi primera sospecha. Ha sido King llamando para averiguar dónde estaba su oveja perdida. Contesta el teléfono al primer timbre. "¿Para qué tener un teléfono si no vas a contestarlo?"

"Vino con la casa".

El silencio me saluda y luego, un largo y cansado acento. "Por supuesto que sí".

"¿Llamaste para hablar sobre interiores de casas o algo más?"

"¿Qué opinas?" No hay necesidad de responder, así que no lo hago, lo que lleva a King a soltar un suspiro de exasperación. "Escuché que fuiste a la ciudad hoy. Esperaba un invitado pero la persona no llegó. Cuando salí a buscar a la persona, las huellas bajaron por el camino de entrada. En lugar de irrumpir en su propiedad y recibir una escopeta en la cara, pensé en llamar primero".

"Ella está aquí." Faith sacó su teléfono para llamar a su amiga, pero los animales la distrajeron. Está agachada junto a ellos, abrazando a Smittens contra su pecho y acariciando a Bear detrás de las orejas.

"Excelente. Enviaré a alguien ".

"No." Esta vez recibo el trato silencioso. "Ella está bien aquí", le explico, pero no es suficiente. El rey quiere más.

"La cuestión es que en realidad no eres tú quien decide si ella está bien".

"Tampoco lo son ustedes."

"Excelente. Ambos hemos establecido la independencia de Faith, así que enviaré un auto y la dejarás ir".

Cuando intentas quitarle el juguete a Bear, él se agacha, enseña los dientes y deja escapar un gruñido que podría ahuyentar a un oso pardo de verdad. Ese mismo ruido posesivo retumba en mi cuerpo. "Diablos, lo haré", ladro y cuelgo el teléfono.

"¿Quien era ese?" Pregunta Faith, inclinando su bonita cabeza hacia un lado.

Guardo mi ira y mis celos donde ella no pueda verlos y me acerco al refrigerador. "Rey. Se alegra de que estés bien". Saco dos filetes y los golpeo sobre la encimera. "¿Comes carne o eres vegetariano?"

"La carne es buena". Ella se pone de pie. "¿Qué estás haciendo?"

"Bife. Papas. Compré un pastel de la panadería".

"Mmm. Suena delicioso. Déjame coger mi bolso.

Agarro su muñeca antes de que pueda alejarse corriendo. "¿Para qué?"

"Por la comida, por supuesto".

Le frunzo el ceño. "¿Qué estás diciendo?"

"Voy a conseguirte algo de dinero para la cena", dice, arrastrando las sílabas. "Así es como funciona en casa de King. Pagas tu comida y alojamiento con dinero o con trabajo". Ella debe ver mi expresión atronadora porque agita su mano frente a mi cara. "No ese tipo de trabajo, sino jardinería, cocina y esas cosas".

Sólo un poco apaciguado, vuelvo al bistec. Desenvuelvo la carne y empiezo a salarla. "Parece que King está tramando alguna estafa allí". ¿Tiene chicas guapas apareciendo todo el tiempo y hacen las tareas del hogar por él? ¿Dormir en sus camas? La fe nunca irá allí. Golpeo el pimentero contra el mostrador con tanta fuerza que Faith salta, Bear ladra y Smittens aúlla con tristeza. Todos me miran como si estuviera loco. Suelto el pimentero, pero luego tengo que abalanzarme sobre él nuevamente cuando los granos de pimienta comienzan a caer por el lado agrietado.

"Creo que llamaré a Nora ahora", dice.

"Sí", digo.

Ella mira el pimentero dañado y sacude un poco la cabeza antes de avanzar hacia la chimenea. Los dos animales me miran decepcionados.

"Ninguno de los dos quiere que ella vaya a King's tampoco", me quejo. Los dos siguen mirándome mientras enciendo la estufa de gas. Mientras la sartén se calienta, clavo el tenedor en un par de patatas.

"Si estoy bien. No. Nunca llegué a King's. Tenía tantas ganas de orinar que tenía miedo de que si salía se congelara. Recuerda que leímos algo sobre eso una vez".

La voz de Faith suena como si estuviera parada a mi lado. Levanto la vista, esperando verla frente a la isla, pero todavía está plantada junto a la chimenea. Supongo que la acústica de esta sala es realmente buena. No lo sabría porque vivo solo. Lo correcto sería advertirle.

"No. No voy a ir a King's. Encontré otro lugar. Es un leñador. Oh, no sé si se gana la vida con eso, pero corta leña y es corpulento y atractivo. Creo que podría levantarme con una mano".

Podría advertirle, pero no lo hago.

"Voy a seducirlo. Está muy bueno, Nora. Sólo sé que él es el indicado para hacerme estallar la cereza. ¿Por qué debería conservarlo más? No es que me vaya a casar. El matrimonio es para tontos. Quiero divertirme un poco. Esto va a ser divertido. Vale, sí, he oído que duele, pero es sólo una vez y luego es genial. Tiene que ser porque, ¿por qué si no alguien se quedaría con alguien si el sexo no es bueno? ¿Por qué si no estaría Trish con mi ex? No es que él sea interesante o incluso muy atractivo, así que a ella le debe gustar lo que él puede hacer en la cama, ¿verdad?

Bien, ya basta de escuchar. Me aclaro la garganta. "La cena está lista", digo.

"¡Solo un minuto! Me tengo que ir, Nora. Te escribiré luego." Faith guarda el teléfono en el bolsillo y se apresura. "Lo siento. Quería ayudarte".

"Lo tengo." Plato la carne y la llevo a la mesa. Ella sonríe lindamente. ¿Es esto parte de la seducción? Si es así, está funcionando. Estoy listo para tirarla sobre la mesa. Los platos se sienten pesados en mis manos. Agarro los bordes con fuerza. Es difícil creer que una chica tan bonita quiera tener sexo conmigo. Una parte de mí siente que soñé esto, pero la escuché. Lo ha mencionado varias veces. Debería preguntarle directamente. Si ella me rechaza, que así sea. Ella todavía no irá a King's. "Entonces... Fe..."

Ella parpadea como una inocente. "¿Sí?"

No puedo esperar para devorarla. "Sobre el sexo. Realmente lo quieres, ¿eh?

Ella se sonroja pero sus ojos no se apartan de los míos. "Sí. Sí."

Tiro los platos sobre la mesa. "Sentarse. Comer."

Una arruga estropea su perfecta frente. "Pero... el sexo".

"La cena primero. Sexo de venganza en segundo lugar". Ella lo quiere y ¿quién soy yo para decirle que no?

Capítulo 8

Fe

Gimo mientras le doy un mordisco al filete. Conn lo corta con tanta fuerza que creo que va a atravesar el plato. "No necesitas un cuchillo, es muy tierno", le digo. Se derrite en mi boca como mantequilla. No parece importarle porque sigue cortando su trozo de carne. "Nunca me iré si me alimentas así". Le doy otro bocado gigante a mi bistec. Ya sé que estoy comiendo demasiado y que me va a doler el estómago, pero no puedo evitarlo. No he tenido una buena comida como esta en mucho tiempo y planeo comer cada bocado.

"Deberías comer más." Corta un trozo de su filete y lo deja caer en mi plato. Yo todavía no llego ni a la mitad del mío.

"Como lo suficiente". Le doy otro mordisco al bistec que dejó caer en mi plato. Estoy seguro de que no lo devolveré. Por una vez voy a ser tacaño. Nunca llego a ser así. Lo aprendí al crecer con hermanastros. Siempre me quedaba al final de la fila cuando se trataba de conseguir algo. Así que hoy voy a vivirlo a la altura. Me comeré todo este bistec y, con suerte, a continuación le daré un mordisco a Conn. Lamo mis labios pensando en morderlo. ¿Por qué suena tan atractivo? Creo que he leído demasiadas novelas de vampiros o algo así. Quiero decir, realmente no lo mordería, solo le daría un pequeño mordisco. Lo suficiente como para dejarle una pequeña huella.

"No lo parece". Se inclina un poco para poder verme mejor. Estoy sentado en una silla mientras intento terminar mi cena.

"Pensé que te gustó lo que viste". Mis ojos intentan moverse hacia la erección que ha estado tratando de ocultar. Está debajo de la mesa, así que no puedo verlo mejor. Probablemente sea lo mejor porque cada vez que lo miro, empiezo a preocuparme por cómo encajará dentro de mí. Con suerte, Conn me lo demostrará muy pronto. Aunque da un poco de miedo, debería funcionar. Creo. "Crees que soy pequeño porque soy bajo. Deberías ver a mi hermanastra Trish. Ahora ella es pequeña. No creo que pueda meter una pierna en sus pantalones". Continúo parloteando sobre esto o aquello hasta que Conn se aleja de la mesa.

"Voy a mostrarles cuánto me gusta lo que veo". Se pone de pie. "Vamos a tener que saltarnos el postre. Necesito un pedazo de ti ahora". Debe ver mi cara caer porque se detiene en seco. Está tratando de mantener la calma pero ahora respira un poco más rápido. Es difícil creer cuánto me quiere. Con mi ex hacía mucho calor y frío. Supongo que Conn también tiene calor y frío, pero más por su mal humor. No tanto por su deseo de hacerlo.

"A menos que eso no sea lo que quieres".

Me lamo los labios, quiero lo que me ofrece pero también quiero el pastel que me había prometido. ¿Por qué no puedo tener ambos? Tenemos toda la noche. Lo miro. El hombre es enorme. Quizás debería preocuparme un poco más por cómo vamos a encajar. Comparado con él soy pequeño.

"Me prometiste pastel".

Conn camina hacia mí. Cuando llega a mí, se inclina para que su cara quede a sólo unos centímetros de la mía. Empieza a decir algo pero se detiene inmediatamente. Camina hacia donde están acurrucados Bear y Smittens y coloca sus manos sobre las orejas de Smittens.

"Me ofreciste un trozo de tu pastel hace horas y planeo deleitarme con él hasta que me hagas crema en la boca. Entonces planeo follarte hasta que grites mi nombre una y otra vez. Smittens ronronea bajo sus enormes manos. Me siento allí en estado de shock por un momento. El nerviosismo que se había formado dentro de mí se desvanece. Pensándolo bien, puedo comerme el pastel más tarde.

"Está bien", estoy de acuerdo pero no me muevo. ¿No estoy seguro de qué hacer a continuación para ofrecerle mi pastel? Debería habérselo preguntado a Nora. No hay tiempo para reflexionar antes de que Conn se mueva y me levante de mi silla para llevarme por el pasillo. Me arroja sobre una cama enorme.

"Esta cosa es gigante". Lo muevo y empiezo a sentarme. También es cómodo. No llego mucho a explorar la cama ni nada más porque Conn se quita la camisa por la cabeza, dejando al descubierto su enorme pecho. Se me hace la boca agua al verlo. Sí, él también es leñador. Es un hombre sólido con músculos que creo que nunca antes había visto.

"Guau." No puedo dejar de mirarlo. Mis ojos suben por su pecho para encontrarse con sus ojos. "No me veo tan bien desnudo. Simplemente exponiendo eso". No creo que tenga ni un gramo de grasa corporal. La comisura de su boca se levanta en una pequeña sonrisa.

"Lo dudo mucho." Sus ojos recorren mí. "Si te gusta ese suéter, será mejor que te lo quites".

"Me encanta este suéter". Rápidamente, me lo paso por la cabeza y lo tiro. Haría calor si lo arrancara de mi cuerpo y todo lo que planeara hacer, pero no es un suéter normal. Es mi suéter navideño favorito.

Dejo escapar un pequeño chillido antes de caer de nuevo en la cama mientras él me baja los pantalones por las piernas y los arroja sobre su hombro. Vuelvo a mirarlo. Ya está entre mis piernas. Los tiene sobre sus hombros y se lame los labios como si estuviera hambriento.

"Esto está ocurriendo." Lo miro con los ojos muy abiertos. "Sujetador, ángel. Quítate el sostén".

Asiento, haciendo lo que él me dice. Su cálido aliento se abanica contra mí mientras presiona un suave beso en el interior de cada uno de mis muslos. Me relajo ante la dulzura del acto. Sus dedos se clavan en mis muslos mientras separa mis piernas más para hacer más espacio para él mientras mira entre mis piernas.

"No sabía que esto estaría pasando. Debería haberme afeitado o no lo sé. ¿Qué hace normalmente la gente? ¿Ir completamente desnudo y afeitarlo todo? Quizás debería haber tenido una de esas pistas de aterrizaje". Su boca cae sobre mí. Pierdo todos los pensamientos sobre mis divagaciones mientras mi cabeza cae sobre la cama.

"Jodidamente perfecto, cómo es", dice en mi contra. Su lengua rodea mi clítoris. Mis caderas intentan levantarse de la cama, pero sus manos agarran mis muslos con más fuerza mientras me deja hacerlo pero controla mi acción. Me guía hacia su boca mientras chupa mi clítoris. Todo mi cuerpo vibra mientras él me da el mayor placer que jamás haya conocido.

"Voy a... a... a..." No encuentro las palabras. Estoy tan cerca. Mis ojos se cierran con fuerza.

"Ven, ángel", responde por mí. Sí. Grito su nombre mientras el orgasmo me lleva. Todo mi cuerpo intenta levantarse de la cama. Una sensación como nunca antes había sentido me recorre. Es demasiado para soportar. Mantengo los ojos bien cerrados mientras intento recuperar el aliento. Tantos sentimientos intentan escapar de mí. No sé qué hacer con todos ellos. Ni siquiera sé de dónde vienen.

Nuevamente, Conn besa cada uno de mis muslos antes de sentirlo moverse. Me levanta y me lleva al centro de la cama. Mi cabeza cae sobre una almohada mientras él deja besos por mi cuello muy suavemente. Dejé escapar un pequeño suspiro. Mi cuerpo todavía hormiguea. Quiero más pero el sueño me quita. Siempre me saltaré el postre por esto.

Capítulo 9

conexión

Lo perfecto sería que nuestros cuerpos estuvieran arropados bajo mi edredón de plumas, nuestros pies aplastados bajo el peso de Bear y Smittens, mientras espero a que mi niña se despierte por completo y me salga con la mía antes de que se desmaye. yo otra vez. Pero alguien de fuera tiene una opinión diferente. Un golpe implacable resuena por el pasillo.

"¿Olvidaste pagar una factura?" La linda nariz de Faith se arruga. "Porque eso suena como un cobrador de facturas".

Saco mis piernas de debajo de un oso descontento y salgo de la cama. En una silla cercana hay un par de pantalones deportivos que recojo con una mano. "Es King", digo mientras me visto. Después de que se desmayó, me quité la ropa y me metí en la cama con ella. No iba a despertarla para poder mojarme la polla. Tanto como quería. Estaba cansada y necesitaba descansar. Podría esperar. El sabor de ella en mi boca fue suficiente para detenerme por ahora.

Se sienta, apretando el edredón contra su bonito pecho. "¿Para qué? ¿Le debes dinero? Porque puedo solucionarlo". Flexiona un músculo bíceps inexistente. "Soy muy hábil".

"No y no." Ella no se acercará a King.

Me pongo una camisa sobre la cabeza y chasqueo los dedos hacia Bear. "Venir." A Faith le digo: "Quédate aquí".

Bear inmediatamente salta de la cama. Desafortunadamente, también lo hace Faith. "No, si es King, debería estar allí porque él me estaba esperando". Ella mira a su alrededor. "¿Donde esta mi ropa?"

Ojalá los hubiera quemado porque entonces ella tendría que quedarse en el dormitorio debajo del edredón. Aunque, mientras camina por la habitación envuelta en la manta, se me ocurre que existe una posibilidad muy real de que ella entre a la sala vestida sólo con la manta, con su cabello recién follado y sus labios completamente besados.

mostrar. Debería ser aceptable encerrar a tu mujer en una habitación de la torre. No es que tenga una habitación en la torre, pero podría construir una. El hecho de que tenga que compartirla con el resto del mundo me parece incorrecto. Vivo en el bosque lejos del resto de la civilización por una razón y es porque no me gusta la gente. A la fe tampoco debería gustarle a la gente. A ella sólo le deberíamos gustar yo, Bear y Smittens. Somos los únicos que ella necesita. No he pensado mucho en lo que eso significa, pero siento que es verdad.

En el momento en que King la vea, la querrá. Sé que ella tiene ese efecto en la gente. De hecho, al guardármela para mí probablemente le esté haciendo un favor al resto del mundo.

"Deberías quedarte aquí. Podría ser peligroso ahí fuera —advierto.

Sus ojos se abren. "¿En realidad? Entonces tampoco creo que debas salir solo. ¿Tienes un bate de béisbol por aquí? No puedo creer que King sea peligroso. Debería haberlo sabido, porque ¿qué tipo decente te ofrece alojamiento y comida gratis a cambio de unas galletas? murmura en voz baja mientras busca un arma en la habitación. Mientras tanto, los golpes continúan.

Agarro algo de ropa de la parte superior de la cómoda y la tiro sobre la cama. "Si vas a salir, vístete. Y olvídate del murciélago. King es peligroso, pero no en esta situación".

Me voy antes de que deje caer la manta porque sé que si la veo desnuda, el hombre en la puerta de mi casa intentará atravesarla con el puño. Quizás él también tenga éxito. El oso llega antes que yo a la entrada y empieza a ladrar. Entre los golpes y los aullidos, esto suena como todo un maldito circo. Abro la puerta de golpe.

"Te tomó bastante tiempo", frunce el ceño mi vecino. Me hace a un lado y arrastra a una mujer con él. Se parecen un poco.

"¿Quién es éste?" Miro al extraño.

"Soy la mujer policía", dice la mujer con una sonrisa.

"Ella no es policía", interrumpe King.

"Bien. Estoy fingiendo serlo".

Miro de la mujer a King y viceversa. "Llegar de nuevo."

Ella suspira, un suspiro profundo y pesado. "¿Podemos saltarnos las presentaciones y ponernos manos a la obra? Ya pasó mi hora de dormir. Debería estar durmiendo ahora mismo, pero en lugar de eso tuve que quedarme afuera durante diez horas mientras el terco intentaba derribar tu puerta a patadas. Le dije que eso no estaba sucediendo y que debería llamarte, pero dijo que lo ignorarías".

"Me gustaría."

La mujer pone los ojos en blanco. "Hombres. Dios, y te preguntas por qué todos huimos de ti. Mira, ¿tienes una chica aquí o no?

"Será mejor que no", dice Faith. "Soy la única mujer en esta casa. Bueno, excepto Smittens".

Nos damos vuelta para ver a mi mujer agarrando mis pantalones deportivos demasiado grandes hasta su cintura. El pequeño gato está sentado a los pies de Faith, lamiendo una pata. La sudadera que me queda bien se le está cayendo del hombro. El oso gruñe y yo también. La mujer frente a mí levanta su mano frente a los ojos de King. "Date la vuelta", ordena.

Para mi gran sorpresa, él hace lo que ella dice. La mujer corre hacia Faith. "Realmente no creía que estuvieras aquí. ¿Estás bien?" Se levanta la sudadera para cubrir el hombro desnudo de Faith. "Estoy aquí para sacarte de aquí. King tiene una camioneta y una escopeta. Ningún leñador puede retenerte aquí". La mujer me lanza una mirada furiosa que hace que Bear gime.

Faith se suelta del alcance de la mujer. "No voy a ninguna parte. Quiero decir, si le debo algo a King por reservarme una habitación, por supuesto que lo pagaré. Pero no en la comida, porque no sé cocinar, pero podría venir a...

"No." La palabra sale de mí, haciendo que King se dé vuelta. Bear comienza a ladrar como una tormenta ante mi arrebato.

"Me quedaré de todos modos. No puedes obligarme a irme". Faith se desliza hacia mi lado.

Smittens salta sobre la espalda de Bear y le silba a King.

"Creo que te superan en número", le digo.

Él deja escapar un suspiro exasperado. "Estoy aquí para asegurarme de que estés bien", le dice a Faith. "Si hubieras contestado tu teléfono, no habría tenido que interrumpir".

"Estaba ocupada", dice Faith con las mejillas rosadas.

Todos sabemos en qué estaba ocupada. Todos nosotros excepto la mujer que trajo King, cuyas cejas se juntan. Cuanto más los miro a los dos, creo que podrían estar relacionados. "¿Haciendo qué?"

"Creo que deberíamos irnos", dice King, extendiendo la mano para alejar a la mujer por el codo.

"¿Por qué? Me sacaste de la cama porque dijiste que necesitabas que una mujer te acompañara para asegurarte de que otra chica estuviera a salvo. Aún no has determinado si ella está a salvo. ¿Estás a salvo?" le pregunta a Fe.

"Sí."

"Vamos", repite King y tira de nuevo. "Perdón por la interrupción. Quizás la próxima vez no me cuelgues. El número de invitados no deseados en tu puerta disminuirá".

"Recordaré eso."

"Pero no contestarás el teléfono, ¿verdad?"

"Aunque lo haré", chirría Faith.

"Si me necesitas, llámame", grita la mujer mientras King se la lleva. "Puedo ir a buscarte".

"¿Con qué ruedas?" Rey se queja.

"Tuyo, por supuesto".

La puerta se cierra de golpe y Bear finalmente deja de ladrar. Faith se vuelve hacia mí con ojos brillantes. "Ella me gusta. Definitivamente puedo ver que seremos amigos. Ya que estamos arriba, ¿qué tal la segunda ronda?

Capítulo 10

Fe

Conn se lame los labios. Sé que me desmayé con él, pero tenemos todo el tiempo del mundo. No parece estar demasiado ocupado. Supongo que siendo leñador puedes hacer jack cuando quieras. Aunque todavía no ha confirmado a qué se dedica. Tiene algunas cosas elegantes por aquí. No pensé que ser leñador pagara tan bien, pero ¿qué sé yo sobre cortar leña? Esta actividad al aire libre no es realmente lo mío, pero después de ver a Conn, es posible que tenga que profundizar más en ello. Quizás me lleve a hacer glamping. Sería muy divertido. Probablemente tendremos que esperar a que haga más calor. Aunque con el tamaño de Conn, estoy bastante seguro de que no tendría problemas para mantenerme abrigado.

Mi cuerpo se calienta al pensar en cómo se veía comiéndome una y otra vez. Cómo sus anchos hombros tenían mis piernas abiertas para hacerle espacio. Desde el momento en que desperté, lo único en lo que podía pensar era en cómo se sentiría su cuerpo encima del mío mientras se colocaba sobre mí y me tomaba. Si es la mitad de bueno con la madera que con la lengua, entonces estoy de enhorabuena. Ojalá esta vez no me desmaye. Smittens rodea mis piernas, deja escapar un pequeño maullido y sé que tiene hambre. Dejo mis pensamientos llenos de lujuria en un segundo plano.

"Déjame alimentarla y tendremos la segunda ronda". Muevo las cejas. "Tal vez podamos llegar hasta el final esta vez". Mi cereza todavía está intacta. También necesitamos tomarnos fotos y tener ese pastel que prometió. Le he dado mi pastel y ahora es su turno. Conn se aclara la garganta, sacándome de todos mis pensamientos dispersos. Cuando levanto la vista, él lame esos labios que tanto placer me daban y en ese momento, decido olvidarme del pastel nuevamente. ¿Quién diablos necesita pastel cuando Conn sabe mucho mejor? Miro a mi alrededor para ver dónde está la bolsa en la que empaqué la comida de Smittens.

"Oh Dios." Me tapo la cara con las manos. "Estoy tan avergonzado."

"¿Por qué?" Conn ladra. Separo dos dedos para poder mirarlo con un ojo. Está haciendo eso de brazos cruzados sobre su pecho otra vez. "King sabe que te quedarás aquí. Estoy bastante seguro de que sabe que te estoy jodiendo. Aparto la mano de mi cara.

"No tienes que llamarlo" —frunzo los labios— "joder", digo finalmente.

"No te follé", señala.

"¡Deja de llamarlo así!" Medio grito.

"Deja de avergonzarte de que la gente piense que nos acostamos juntos". Su mandíbula se aprieta con tanta fuerza que temo que pueda romperse un diente o algo así.

"No es por eso que me avergüenzo, gran imbécil gruñón". Pisoteo hacia una de mis bolsas que se le había caído cuando trajo todas mis cosas adentro. "Ya dije que estamos haciendo lindas fotos para publicar para que mi ex reciba el mensaje. Creo que eso implica que estamos durmiendo juntos". Abro la cremallera de la bolsa que pesa más que yo y empiezo a sacar cosas.

"¿Entonces cuál es el problema?" Deja caer los brazos sobre su pecho. "Odio cuando hablas de tu ex". Sus manos se aprietan en un puño.

"Aparte de que dices que solo quieres follarme". Me levanto y me giro para mirarlo poniendo mis manos en mis caderas. Bear se deja caer a mi lado, claramente de mi lado. Smittens está tratando de atacar la cola oscilante de Bear, ignorándonos a todos. No sé por qué, pero no me gusta que lo llame así. Supongo que podría hacer calor si tuviéramos una relación o algo así, pero ahora mismo, con mi virginidad aún intacta, se siente mal.

"No sólo quiero follarte". Sus ojos recorren mí. Sé que todavía luzco un desastre. He mirado en esta dirección desde que aterricé en su camino de entrada. Sin embargo, cada vez que Conn me mira me hace sentir como una chica pinup súper sexy o algo así. "Quiero poseerte. Para que nunca quieras a nadie más además de mí".

"No sé si eso es siquiera legal". Me encojo de hombros. No estoy tan seguro de estar en contra de que él sea mi dueño.

"Sí, no estoy seguro de que me importe que sea legal".

"¿Quieres retenerme? ¿Una eternidad?" Intento aclararlo, porque necesito saber que lo estoy entendiendo bien. Esto debería hacerme correr, pero no es así. También debería enojarme más que los putos comentarios, pero no es así. No, tiene el efecto contrario. Ilumina algo más profundo dentro de mí, haciéndome darme cuenta de que yo también quiero eso. Lo cual es una locura, porque no conozco a este hombre. Bueno, sé algunas cosas. Una es que es guapo. En realidad, es muy guapo, más cuando está de mal humor. Sabe cocinar un buen bistec y tiene una boca que fácilmente podría mantenerme en su cama para siempre.

"¿Por qué no me dices por qué te da vergüenza?"

"Cambiando de tema, ya veo".

"Tú lo hiciste primero". Touché. La comisura de su boca se curva en una pequeña sonrisa. Realmente amo esa boca suya.

"Me da vergüenza porque tuvimos invitados y miraron este lugar". Hago un gesto hacia todas mis cosas tiradas por todas partes y luego hacia el resto de su casa, que está impecable. "No ha salido nada de lo navideño. Apuesto a que piensan que odiamos la Navidad. ¿Quién odia la Navidad?

"A mí."

"Conn, retira eso ahora mismo", exijo. Echa la cabeza hacia atrás y se ríe a carcajadas. No puedo evitar sonreír porque es más que guapo cuando se ríe.

"Disfruto tu suéter navideño iluminado".

"Hay más de donde vino eso". Me vuelvo y vuelvo a mis maletas. Había planeado decorar el lugar donde King me iba a dejar quedarme pero ahora creo que lo haré aquí. Conn ya trajo todas mis cosas. Creo que es invitación suficiente.

"¿Vas a ayudarme?" Lo miro. Sus ojos están en mi trasero.

"Lo que sea que te haga volver a mi cama más rápido". Él camina hacia mí. "Si eso significa sacar tus cosas, entonces está bien". Su mano frota mi trasero. Lo aparté porque no habrá ningún asunto gracioso hasta que terminemos.

"Nunca terminaremos si haces cosas así".

"No estoy seguro de poder ayudarme a mí mismo".

Me levanto y me vuelvo hacia él. Me inclino hacia él, inclinando la cabeza hacia atrás. Me encuentra a mitad de camino, dándome un beso que me deja sin aliento.

"Creo que debería encargarme de esto mientras tú vas y usas tus habilidades de leñador para conseguirnos un árbol de Navidad", sugiero. No haré nada si él me mira como es y me frota.

"¿Sabes que no soy leñador?"

"Sabes que no te daré mi virginidad hasta que consiga mi árbol". Levanto la barbilla en señal de desafío.

"No sólo después de tu virginidad". Me besa de nuevo. "Pero iré a buscar tu árbol". Se dirige a la puerta, se pone las botas y luego el abrigo. "Cuida a mis hijas, Bear", le dice al perro. Bear ladra, haciéndole saber que está en el trabajo. "Me quedaré con el árbol porque sé que te hará feliz", dice antes de salir por la puerta principal. Sonrío, pensando que ya estoy allí.

Capítulo 11

conexión

Hace demasiado frío para permanecer fuera mucho tiempo. Es bueno que viva en un bosque. Encuentro el árbol perfecto a unos seis metros de la línea de árboles. Los pinos tienen troncos pequeños y en poco tiempo, agarro el extremo cortado por encima de mi hombro y me dirijo de regreso a la casa.

"Tengo el árbol", anuncio. El oso aúlla un par de veces para darle énfasis.

Faith viene corriendo por el pasillo, con mechones de su cabello erizados. Aturdida por mi apariencia, se acaricia la cabeza y pregunta: "¿Ya?"

Dejo el árbol dentro de la puerta y me quito las botas. "¿Encontrar algún cadáver?"

"Nooo, ¿tienes alguno?" Sus ojos se dirigen a los rincones de la gran sala de estar. Vuelvo a cargar el árbol sobre mi hombro.

"No. Me deshice del último un par de días antes de tu llegada. Estaba empezando a apestar el lugar".

La fe corre detrás de mí. "¿Por qué lo mataste? ¿Hablando durante la cena? ¿Quemando tus panqueques? ¿Tocando tu hacha? El último definitivamente parece un delito asesinable. Apuesto a que tu hacha te queda perfecta porque la has manejado durante mucho tiempo".

Dejo el árbol en el medio de la habitación para poder buscar su rostro. ¿No sabe lo jodidamente sexy que suena eso? "¿Quieres decorar un árbol o quieres follar?"

Su nariz vuelve a arrugarse. "Pensé que habíamos acordado que no usarías la palabra con f".

Dudo y trato de pensar en una palabra diferente. "¿Quieres decorar el árbol o quieres que yo sea tu dueño?"

Su lengua sale de nuevo, mojando la parte inferior de su labio. Ah, jódeme, ella lo quiere. Sé que lo hace, pero por alguna razón no está lista, así que el árbol lo está.

"¿Dónde quieres el árbol?"

"Tal vez a la izquierda de la chimenea para que podamos sentarnos junto al fuego y mirar hacia tu terraza". Ella señala la esquina.

Lo arrastro hasta allí y lo apoyo contra la pared. "Espera aquí", le digo. En el garaje, agarro una cuerda, unas cuantas bolsas de basura y un saco lleno de arena.

Ella me mira con gran curiosidad. "¿Eso es lo tuyo del hombre muerto?"

Con todo extendido en el suelo, puedo ver por qué tiene sospechas. "No. Utilizo ácido para deshacerme de los cuerpos. Más efectivo así. La arena sirve para la tracción en la nieve y nunca hay demasiadas cuerdas aquí". Arqueo una ceja hacia sus muñecas. "Son útiles en muchas situaciones".

Ella mete las manos detrás de la espalda. "Tengo la piel muy delicada". Esta vez soy yo lamiendo mis labios. "Lo sé", digo con una sonrisa.

"Bueno", dice y se ocupa de los suministros que he traído. "¿Para qué sirve esto si no para deshacerse del cuerpo?"

"No tengo un soporte para el árbol de Navidad, aunque sospecho que lo descubriste buscando adornos y cosas así, así que pondré arena en cuatro bolsas y apuntalaremos el árbol de esa manera".

"¿Por qué no tienes adornos? Miré por todas partes, incluso debajo de tu cama, pero allí solo tienes una escopeta que deberías haber tomado cuando te enfrentaste a King".

"¿Por qué?" Pregunto mientras vierto arena en las bolsas que ella mantiene abiertas. "¿Quieres que le dispare o algo así?"

"No, pero ¿y si no fuera King sino un oso real?"

"No creo que llamaría a la puerta". Ato las bolsas y las ato a la cuerda.

"Podría estar buscando comida y sonar como si estuviera llamando a la puerta".

"Esto es cierto. ¿Puedes sostener el árbol cerca de la cima? Necesito enrollar la cuerda alrededor de la base. No te hagas daño", le advierto.

"Creo que necesitas un suéter especial", dice mientras me arrastro debajo de las ramas de la base. "Ayudaría a elevar el espíritu navideño".

"Mirarte me levanta el ánimo", le digo. Giro la cuerda alrededor de la base unas cuantas veces y luego tiro de los soportes improvisados hasta que el árbol esté estable. Le doy a la base un último tirón antes de ponerme de pie. "Déjalo ir, pero despacio".

Mantengo una mano apoyada en caso de que esto no funcione, pero afortunadamente se mantiene en posición vertical, no se necesita una base comercial costosa.

"¿Puedo usar esto?" pregunta, sosteniendo una manta a cuadros tirada sobre el respaldo de mi sofá.

"Seguro." Se arrodilla y lo coloca alrededor de la base del árbol, cubriendo el feo artilugio. Se levanta, se quita el polvo de las rodillas y vuelve a mi lado. El árbol es lo suficientemente grande como para llenar el espacio, pero no tanto como para abrumar la habitación. El olor a agujas de pino y a leña carbonizada de la chimenea nos llena los pulmones.

El árbol tiene buena pinta. Muy bien, pienso para mis adentros. Me pregunto por qué no he puesto un árbol antes. Un cuerpo suave se acurruca contra mí y me da la respuesta. Porque no tenía fe. Me deja abrazarla durante unos dos segundos antes de liberarse.

"Vamos a preparar palomitas de maíz", canta, llevándome hacia la cocina.

"¿Para qué?"

"¡Para adornos!"

Cuatro bolsas de palomitas de maíz para microondas después, Faith me tiene en el sofá ensartando palomitas de maíz en una cuerda. "Eres bastante hábil con la aguja", observa mientras toma otra fotografía. Intento no fruncir el ceño.

"¿Estás seguro de que quieres ponerme en Internet como prueba de que lo estás pasando bien?"

"No tienes idea", dice en un tono extraño, casi asombrado. Salta y pone la pantalla del teléfono frente a mí. "Mira lo increíble que te ves. Estaría celoso de quien haya publicado esta foto. Es demasiado perfecto para ser verdad".

Examino la imagen. Bear está descansando a mi lado, con la cabeza colgando sobre el borde del cojín. Smittens está acurrucado alrededor del cuello del viejo. En cuanto a mí, parece que estoy luchando por colocar un grano de palomitas de maíz en una cuerda. Es una foto veraz, pero de alguna manera ella la hizo lucir bien: hogareña y acogedora.

"Sí, supongo que es agradable. ¿Cómo va a poner esto celoso a tu... (me atraganta la palabra) ex?

"Creo que solo estoy aterrizando de pie. Los ex siempre quieren que seas miserable".

"¿Quieres que tu ex se sienta miserable?"

Deja de golpear y ladea la cabeza hacia un lado. "No. Supongo que no".

"¿Eso significa que podemos follar entonces?"

Capítulo 12

Fe

"Bien." Me giro y me dirijo hacia el dormitorio. Publico las fotos en mi Instagram mientras camino por el pasillo. Tengo un momento de arrepentimiento al hacerlo. No estoy seguro de querer compartir mi momento especial con Conn. Entonces recuerdo de qué se trata realmente. Me pongo el suéter gigante por la cabeza y lo dejo caer mientras avanzo. "No hay pastel para mí", corto. "Follaremos, como te gusta decir". Luego dejo caer mi sostén cuando entro a su habitación.

No sé por qué estoy tan enojado con él por llamarlo jodido. Por supuesto, es lo que quiere hacer. Ha hecho todo lo que le pedí hoy. Desde conseguir el árbol hasta decorarlo e incluso dejarme tomar algunas fotografías, así que supongo que es mi turno de devolverle el favor. Al final todos los hombres somos iguales a la hora de querer sexo.

Bueno, todos menos mi ex, que nunca quiso tenerlo. Eso fue hasta que nuestra relación terminó y de repente quiso follar. Realmente no debería estar enojada con Conn. Prácticamente fui yo quien le pidió que tomara mi cereza. Sólo pensé que sería un poco diferente. Quería pasar un poco de tiempo conociéndolo pero, como dije, no debería enojarme.

Este fue el plan desde el principio, así que es mejor que lo hagamos. Lo he estado usando para publicar fotos estúpidas para que todos en casa piensen que soy feliz. Que no los necesitaba para tener vacaciones. Que podría tener uno solo con otra persona. Siempre planeé los de nuestra familia, pero a ellos nunca les importó el esfuerzo que puse en ello. No es que quiera molestarlos, pero quiero que vean por una vez que yo soy parte de la familia. Que tal vez me extrañen ahora que no estoy. Ni siquiera estoy seguro de por qué me importa, pero sí me importa.

Una pequeña chispa de esperanza se encendió dentro de mí cuando Conn dijo que iba a conseguir el árbol porque sabía que me haría feliz. Me hizo pensar que a alguien finalmente le importaba cómo me sentía acerca de algo. Pero ahora veo que no es eso en absoluto. Sólo estaba siguiendo las formalidades para conseguir lo que quería. Todavía se trata del sexo. Una vez más, no debería enojarme porque quiero tener sexo con Conn, pero en secreto quería que fuera más. El poco tiempo que he pasado con Conn me ha hecho feliz. Solo han pasado unas horas desde que conocí a mi leñador gruñón, que sigue negando que sea siquiera un leñador, y me estoy encariñando. Básicamente soy un clerical de etapa cinco en este momento.

Luego me bajo los pantalones y los dejo caer al suelo. Noto que en la impecable casa de Conn parece que hago muchos líos. Me giro hacia la puerta pero él no está allí.

"¿Estamos jodiendo o qué?" Yo grito. ¿Por qué no viene? De la nada suena como si un maldito oso estuviera corriendo por el pasillo.

"Cuida tu boca", dice mientras entra a su habitación. Parece tan enojado como siempre. Se detiene en seco cuando me ve allí parada completamente desnuda. No me avergüenzo de mi cuerpo, así que pongo mi mano en mi cadera porque está a punto de entender lo que pienso. Me quedo allí en toda mi gloria desnuda mientras él me frunce el ceño y yo le hago lo mismo.

"¿Entonces tú puedes decir joder pero yo no?" Levanto la otra mano y la coloco sobre mi otra cadera. Intenta ser un caballero y mantener sus ojos en los míos, pero puedo decir que le está costando todo su autocontrol. De hecho, creo ver una pequeña sonrisa adornar esos labios suyos. Ya me ha visto desnuda antes. Estaba tendida en su cama mientras él se deleitaba conmigo.

"No hables de ello como si no tuviera ningún significado". Ahora es él quien se enoja con la palabra joder. No estoy seguro si mi leñador va o viene. Ni siquiera estoy seguro de que él lo sepa. ¿Por qué no podemos llamarlo de otra manera? ¿Haciendo el amor? Siento mis mejillas calentarse ante mis propios pensamientos.

Se acerca lentamente a mí. Me ablando un poco cuanto más se acerca. Se detiene frente a mí y parece respirarme. Mis pezones se tensan y no es por el frío. Su presencia me tiene mojado entre mis muslos. Su mano se extiende para acariciar mi rostro. "Vestirse. He oído que esta noche hay películas navideñas en la televisión.

Esas son las últimas palabras que esperé que salieran de la boca de este gran idiota. Me quedo en shock por un minuto antes de bajar las manos y luego saltar sobre él. Me atrapa y me envuelve en sus grandes brazos. Mi cuerpo se amolda al suyo como si lo hubiera hecho un millón de veces. Puedo sentir su erección a través de sus pantalones pero no intenta llevarla más lejos. Besa mi boca suavemente antes de que me deslice hacia abajo para volver a ponerme de pie. Me muerdo el labio, queriendo ver las películas navideñas con él y acurrucarme, pero ahora que estoy envuelta alrededor de él también quiero volver a la cama con él.

"Estaré ahí afuera esperándote". Se acerca a la cama y agarra la manta que está encima y la envuelve alrededor de mis hombros. Algo pasa entre nosotros que no puedo explicar antes de que él se dé vuelta para salir de la habitación.

"Conn", le llamo, haciendo que se gire para mirarme. "Tienes una televisión, ¿verdad?" Esta vez sonríe y sacude la cabeza. "Me voy a poner mi pijama de Navidad y saldré enseguida". Apuesto a que puedo convertir nuestra película en una de esas sesiones de besos calientes que sé que la gente tiene en el sofá. Estas vacaciones están resultando mucho mejor de lo que jamás hubiera esperado.

Puede que solo lo consiga esta vez, pero voy a atesorar cada segundo.

Capítulo 13

conexión

Las películas navideñas no son tan malas, decido, mirando el pequeño cuerpo acurrucado a mi lado. Faith no parece muy diferente a Smittens en este momento. La cabeza de Faith está en mi regazo y sus piernas están pegadas a su cuerpo. Su rostro muestra una expresión pacífica y feliz. Me siento aliviado. Parecía enojada antes de que la trajera a ver Es una vida maravillosa y Blanca Navidad. La primera la hizo llorar, pero me aseguró que eran lágrimas de felicidad, sean lo que sean, pero el canto y el baile de la segunda película la hicieron reír. Ella me miró un par de veces durante ese tiempo, pero me negué a mirarla a los ojos. Nunca he sido elegante como los hombres de la televisión y si intentara bailar, terminaría pisándole los pies, los míos, los de Bear y tal vez incluso los de Smittens. Al final, todos estaríamos llorando y serían lágrimas de tristeza y rabia.

Comenzamos una tercera película sobre un elfo humano. Fue gracioso, pero a la mitad se desmayó. Podría haber sido por el ron que seguía echando en su sidra o podría haber sido simplemente por el largo día. Me levanto y muevo suavemente a Smittens hacia un lado. Ella levanta la cabeza, me lanza un maullido descontento y luego hunde la nariz debajo de la cola.

Intento tener mucho cuidado al levantar a Faith y, afortunadamente, no se despierta. Llevarla es menos agotador que cargar la bolsa de arena. Voy a prepararle panqueques por la mañana cubiertos con fresas, crema batida y mucha mantequilla. En mi opinión, debería pesar tanto como dos sacos de arena.

La acuesto en el colchón grande, la tapo y me preparo para ir a la cama. Mientras me lavo los dientes, pienso en todo el maldito asunto. Faith dijo que quería sexo de venganza, pero a fin de cuentas, no estaba lista. Lamo mis labios, recordando su dulce sabor en mi lengua. Estar entre sus piernas fue el mejor momento de mi vida. Daría mi nuez izquierda por volver allí. Espera... saco mi cepillo y escupo. ¿Aún podría levantarlo si no tuviera ambas nueces? Déjame revisar. Daría mi brazo izquierdo por volver a estar entre sus piernas, comerle el coño y beber su semen. Pero ella quiere algo más. Lo que ella quiere es un misterio. Quizás sean panqueques. Quizás sea otro gatito. Quizás sean más adornos navideños.

Chasqueo los dedos. Eso es todo. A ella le encanta la Navidad. Lo odio porque no entiendo por qué nos emocionamos durante un día normal de invierno. Ni siquiera es cuando nació el niño Jesús, por lo que se espera que saquemos un montón de decoraciones, preparemos comida especial y todas esas cosas en un día que ni siquiera tiene ningún significado. Sería como celebrar el cumpleaños de tu madre una semana antes de que sucediera.

Sin embargo, dejando de lado la lógica, esta es una festividad que a mucha gente le encanta y, lo más importante, es una festividad que le encanta a Faith. Es bueno que esté durmiendo porque tengo trabajo que hacer. No tengo luces navideñas, pero encuentro un montón de bombillas. Me lleva un poco de tiempo, pero puedo unirlos. Los coloco encima de la chimenea. Parece... más crudo que festivo. Los bajo y pinto las bombillas con la pintura que me sobró del retoque del cortacésped junto con pintura blanca de las molduras del interior de la casa. Las bombillas pintadas lucen mucho mejor.

¿Qué más es navideño? Hago una pequeña búsqueda en Internet. Los resultados me deprimen porque no tengo adornos ni oropel ni nieve artificial. Aunque puedo cocinar. Preparo un lote de galletas, extiendo la masa con una botella de cerveza y luego recorto formas de árboles y muñecos de nieve. Se hornean muy bien y el glaseado blanco no es terrible. Puse algunos de estos en el árbol y otros en un plato para que Faith los comiera después de que terminara con los panqueques. Afuera encuentro piñas y algo de muérdago. Supongo que vivir en el bosque tiene ventajas. Utilizo pintura verde y blanca en las piñas y, aunque las verdes tienden a mezclarse, las blancas lucen decentes. Se sacrifica una bolsa de malvaviscos por muñecos de nieve con pedacitos de pasas por ojos. Probablemente esos sean mis mejores trabajos. Con algunas ramas de pino adicionales, hago una corona y la cuelgo debajo de la hilera de bombillas pintadas.

Una vez decorada la casa (bueno, la sala de estar), tomo uno de mis suéteres. Es negro y no recuerdo cómo llegó a mi armario. Quizás la vieja Karen de la tienda de la ciudad me lo vendió. Usando lo que me queda de pintura, la decoro con árboles, adornos, muñecos de nieve y la dejo secar. Mañana me lo pondré y Faith podrá tomar fotos para su cuenta de internet.

Un motor que avanza por mi carril me llama la atención y cuando miro por la ventanilla delantera veo que ya ha pasado la noche. El sol asciende hacia su ubicación de media mañana. Bear llega arrastrando los pies por el pasillo con Smittens montado en su espalda. Abro la puerta principal y Bear sale ruidosamente. Un costoso SUV negro apenas pasa a mi perro antes de detenerse a unos seis metros de mi puerta principal. Se me ponen los pelos de punta ante los intrusos no deseados. Este no es King y su mujer. Es un grupo diferente de personas: un hombre con cara pálida y una mujer cuyo cabello tiene tanta laca que la brisa invernal no lo mueve.

"¡Holaaaa!" dice la mujer. "¡Soy Trish!" Sube las escaleras saltando con la mano extendida. El hombre lo sigue a un ritmo más lento.

"¿Perdiste?" Pregunto, cruzando los brazos sobre el pecho.

Trish se detiene un paso debajo de mí. La irritación cruza su rostro cuando ve que no voy a estrecharle la mano. "No lo creo", dice, forzando una sonrisa. "Me dijeron que mi querida hermana Faith se hospedaba aquí. He venido a traerla a casa".

Capítulo 14

Fe

Me doy la vuelta ante el sonido de voces que vienen de algún lugar de la casa. El lado de la cama de Conn está vacío y frío. No recuerdo haber pasado del sofá a la cama anoche, lo que significa que Conn debe haberme cargado hasta aquí. ¿No se acostó conmigo? Me siento tratando de escuchar un poco mejor. La voz que escucho es suave y femenina. Casi puedo jurar que suena como Trish pero ella no tiene idea de dónde estoy. ¿Quien es esta mujer? Una chispa de celos arde en mi estómago. Un sentimiento al que no estoy acostumbrado. No estaba ni un poquito celoso cuando descubrí que mi ex se acostaba con mi hermanastra. Sólo me duele porque todavía no puedo creer que ella me hiciera eso.

Ahora mismo lo único que siento son puros celos. Conn no durmió conmigo anoche y ahora hay otra mujer en la casa. Tiro mis piernas por el costado de la cama, salto de ella y decido abrirme camino para ver quién es esta mujer. No sé qué me pasa, pero me quito el pijama antes de buscar en un cajón una de sus camisas para deslizarla sobre mi cabeza. Luego me revuelvo un poco el pelo antes de encontrar un par de calcetines suyos y ponérmelos en los pies.

Me dirijo al baño, asegurándome de parecer que tuve una noche salvaje que no solo estuvo llena de películas navideñas y abrazos en Connecticut. Pensé que terminaríamos besándonos o algo así, pero en lugar de eso pasamos toda la noche acurrucados. junto a nuestros peludos bebés. ¿Cómo pasó de querer follarme, como él decía, a no hacer ni un solo movimiento conmigo? Solo me abrazó fuerte mientras veíamos película tras película. A menudo se levantaba para traernos bocadillos antes de dejarme acurrucarme a su lado, donde me rodeaba con su brazo para abrazarme. Me miro en el espejo tratando de recomponerme. Probablemente sea solo King otra vez y esa amable mujer que vino con él la última vez. Odio la inseguridad que siento ahora mismo. Es más, odio que mi hermanastra y mi ex sean quienes me lo hayan regalado.

Salgo del baño para averiguar por qué Conn decidió no quedarse en la cama conmigo y quién diablos está aquí tan temprano en la mañana. Me congelo en el pasillo al oír la voz de la mujer. Esta vez sé con certeza quién es. Trish. Me quedo congelado. ¿Cómo me encontró? De ninguna manera Nora le habría dicho dónde estaba.

"Eres una cosa guapa, ¿no?" Trish dice con su dulce voz en tono miel que siempre hace que los hombres caigan sobre ella. Una vez pensé que era gracioso cómo podía conseguir que hicieran cualquier cosa por ella. En este momento, todo lo que siento es rabia al rojo vivo. Puede que no me enfadara cuando me enteré de ella y mi ex, pero Conn es diferente. Él es mío y nadie me lo va a quitar. Quiero decir, quiero tener sexo con él y ella no se me adelanta. Ya sabes, el sexo de venganza del que he estado hablando.

Camino pisando fuerte por el pasillo, tratando de sonar tan fuerte como lo hace Conn cuando camina normalmente por él, pero sé que no soy tan ruidoso en ninguna parte. Ambos se giran para mirar en mi dirección. Los ojos de Trish se abren por un momento cuando me ve, recordándome lo que llevo puesto. Mis ojos se dirigen a Conn, que tiene los brazos cruzados sobre el pecho. Pensé que estaba loco. Pero parece lívido. Vuelvo a mirar a mi hermanastra, pero mis ojos no pueden evitar notar todas las decoraciones navideñas. Mis manos se llevan a la boca mientras lo asimilo todo. Debe haberse quedado despierto toda la noche haciendo esto.

"No me gusta", dice Conn.

"¿Hiciste todo esto?" Hago un gesto hacia las cosas navideñas.

"Sí." Deja caer los brazos y se vuelve más hacia mí. Está detrás de la barra del desayuno, usándola para mantener espacio entre Trish y él. Sé que de alguna manera lo hizo a propósito. "Ella trajo esa cara de mierda con ella". Sé inmediatamente que Conn está hablando de Ben. Mi ex. ¿Son celos lo que escucho en su voz? Tendré que explorar eso más tarde una vez que descubra qué diablos están haciendo estos dos tontos aquí.

"¿Áun está vivo?" Yo jadeo. Conn quiso romperle el cuello la otra noche. No lo dejaría pasar. De repente, me sorprende la verdad de lo que está pasando aquí. Conn es rudo en los bordes. Aun así, cocinó para mí, vio películas navideñas conmigo, decoró su casa, me consiguió un árbol y se negó a que nadie me sacara de aquí. Incluso se enojó cuando pensó que alguien me lastimó. También me dio el mayor placer de mi vida. Él no quiere follarme. Puede que lo llame así, pero Conn quiere retenerme. También tengo que admitirme a mí mismo que no quiero sexo por venganza, lo quiero a él, a él todo.

"¡No lo dejará entrar!" Trish pisa fuerte y apunta con su uña perfectamente pintada a Conn. "Al principio pensé que me quería sola". Ella mira a Conn, habiendo descubierto que sus juegos no van a funcionar con él.

"Sí. No quería testigos cuando te rompí el cuello".

Me muerdo el labio para no reírme. Trish jadea.

"¡Simplemente me amenazó!" Trish me mira. "Voy a llamar a la policía. Coge tus cosas".

"No lo escuché amenazarte".

"Dejen en paz a Jorge. No necesita que lo llames tan temprano. Su esposa acaba de tener un bebé y él sólo vendrá aquí para contarte lo que ya te dije". Él mira fijamente a Trish. "Vete a la mierda de mi tierra".

"Recoge tus cosas, Faith", me corta Trish.

"Mi control no es muy bueno. Estoy a unos dos segundos de salir y hacer lo que he estado deseando hacer desde que derribaste mi acceso.

"El no vale la pena." Camino hacia Conn y le pongo la mano en el brazo. Lo siento relajarse ante mi toque.

"¡Fe! Nos vamos". Trish interviene de nuevo.

"Me fui de casa por una razón". Dirijo mi mirada hacia ella, ya no siento que tengo que ser amable. Conn podría estar contagiándome un poco. Creo que es algo bueno. "¡Para empezar, no sé cómo me encontraste!" Medio grito. No le dije a nadie adónde iba por una razón.

"Ben me está medio acosando. Estás haciendo explotar mi teléfono. Por eso me fui y no le dije a nadie adónde iba".

"Compartiste tu ubicación cuando publicaste tu foto en Instagram". Oh. ¿Puede hacer eso? Ups. "Y Benjamín no te está acosando". Trish pone los ojos en blanco. Me acerco y encuentro mi teléfono. Lo enciendo y lo deslizo por la isla para ella.

"Mira sus mensajes de texto". Veo su cara ponerse roja mientras los lee. Todo lo siento y él quiere que vuelva. Siguió enviándome mensajes diciendo que no quería estar con Trish. Él pensó que la amaba pero es a mí a quien realmente quiere. Que Trish había preparado todo. Ella quería que me enamorara de él y luego que me rompiera el corazón. Que había aceptado porque pensaba que estaba enamorado de Trish, pero pronto supo que era a mí a quien quería. Sólo lo aceptó con la esperanza de poner celosa a Trish, pero al final se enamoró de mí. Es todo un montón de basura elaborada por dos personas de espíritu mezquino. Dieron por sentada mi confianza y ahora pueden sacar sus traseros de las tierras de Conn. No me estoy yendo. Allí atrás no me queda nada. De alguna manera sé que mi futuro está aquí con Conn.

"Te estoy mostrando esto no porque quiera lastimarte". A diferencia de ella, que intencionalmente intentó lastimarme. "Te lo estoy mostrando porque de cualquier manera es un idiota". Señalo hacia la puerta donde supongo que probablemente Ben esté parado afuera. "Lo que no entiendo es por qué me conectaste con alguien con la intención de lastimarme".

Quita el teléfono del mostrador, lo que hace que caiga al suelo con un fuerte crujido. Conn comienza a moverse pero agarro su brazo con más fuerza para que no lo haga. Smittens salta sobre el respaldo del sofá para mirar a Trish como siempre lo hace. Mi gato la odia. Siempre ha. Ben también. Debería haber sabido. Aunque ama a Conn.

"¿Dónde está Oso?" Miro a Conn y me doy cuenta de que no está aquí. Mi hermana murmura algo sobre lo terribles que se ven las decoraciones navideñas. Quiero abofetearla ahora. Todas las demás cosas que ha hecho y dicho, puedo dejarlas pasar, pero que menosprecie a Conn será mi punto de quiebre.

"Haciendo su trabajo", responde. Su mirada de muerte permanece en Trish.

"¿Tiene trabajo?" ¿Qué tipo de trabajo podría tener Bear?

"Mirando idiotas afuera". Él me mira por un momento. El costado de su boca se levanta cuando me mira. Sus ojos se vuelven suaves. Sí, Conn es rudo pero está tratando de ser dulce conmigo. Me gusta pensar que lo saco a relucir en él.

"Pequeña señorita Faith. El que siempre es tan perfecto y agradable", corta Trish. "¿Por qué no puedes parecerte más a Faith? Está contenta con lo que tiene. ¿Por qué no estás más agradecido? Sé que está repitiendo las palabras de otra persona, pero no estoy seguro de quién. "Eso es todo lo que escucho de mamá y papá". Ella responde a mi pregunta tácita. Nunca los escuché decir ninguna de esas cosas. Siempre me miraron por encima. Al menos así se sentía.

"¡Ahora estoy en problemas porque te fuiste! Era sólo sexo, Faith. No significa nada. Supera tu pequeño berrinche y vuelve a casa. Estas siendo ridiculo. ¡Benjamin dijo que no te molestarías! Los hombres tienen necesidades. Deberías agradecerme por tener sexo con él por ti". No entiendo por qué ahora está enojada porque Ben me quiere si ella nunca lo quiso a él. Diablos, no cstoy seguro de que Trish sepa lo que quiere. Ella claramente tiene problemas y estoy harto de ser la persona con la que se desquita. La quiero fuera de mi vida. Ella sólo está aquí porque molestó a mi madrastra y a mi papá. De ahí es de donde obtiene todo su dinero. Es la única razón por la que intenta que vuelva a casa. Tampoco parece importarle que algunos de los mensajes de texto que Ben me envió fueran francamente espeluznantes.

"El sexo con alguien como Faith no es sólo sexo", dice Conn. Su voz es más tranquila ahora. Lo miro. Una de sus grandes manos se acerca a mi cara. "Sería como encontrar el cielo". Mi corazón da vueltas en mi pecho. No puedo creer que haya dicho algo tan dulce. "Uno podría incluso hacer el ridículo con la esperanza de que ella les permita obtener un poco de ese cielo".

"Conect." Exhalo su nombre. Sí, es rudo en los bordes, pero a mí me los está suavizando. No quiero que pierda toda su aspereza. Es parte de por qué lo amo tanto. Me quedo sin aliento. Me encanta. ¿Es este amor lo que he estado sintiendo?

Un fuerte gruñido viene del exterior. "Parece que Ben tiene deseos de morir". Conn rodea el mostrador, agarra a mi hermanastra por el brazo mientras la empuja hacia la puerta.

"¿Qué estás haciendo?" Ella intenta zafarse de su agarre. Conn abre la puerta y la libera al mismo tiempo que ella se aleja de él nuevamente. Ella sale a trompicones por la puerta hacia el porche delantero. Bear está en el porche mostrando los dientes y gruñiéndole a mi ex. Ben se queda quieto, su rostro es tan blanco como la nieve que cae.

"¡Mi abrigo!" Trish chilla. "Esto es Burberry". Se pone de pie tratando de limpiar la nieve del abrigo.

"Oso, tacón". Bear se sienta instantáneamente y deja de gruñir.

"¿Vas a dejar que me trate de esta manera?" Trish le pregunta a Ben, cuyos ojos saltan entre Conn y yo.

"¿Eres Conn Wilson?" pregunta Ben.

"Dejar. Ustedes dos." Conn no le responde.

"¿Como el Conn Wilson?" Ben lo intenta de nuevo.

"¿Cómo te conoce?" Susurro, mirando a Conn.

"Porque Conn Wilson creó un módulo de inteligencia artificial que detectaba microtransacciones que algunos comerciantes habían estado utilizando para defraudar a las empresas por miles de millones de dólares. Lo vendió a un consorcio bancario por unos mil millones de dólares y luego desapareció de la faz de la tierra".

Me quedo ahí sorprendido. Trish se lanza hacia él. Conn la esquiva y ella se enfrenta a las plantas en la nieve. No puedo evitar reírme. Miro a Conn, que también sonríe ante la escena que tiene delante.

"Tienes diez segundos antes de que entre y tome mi escopeta. Uno dos-"

Ben salta del porche y comienza a correr hacia la camioneta, dejando a Trish en la nieve.

Capítulo 15

Fe

"Él volverá por mí", dice Trish, temblando en la manta de lana que Faith envolvió sobre sus hombros. No estoy seguro de por qué le damos ropa, cobertores y whisky a esta persona. Sí, el imbécil la abandonó en la nieve, pero tal vez ahí es donde merece estar.

Desafortunadamente, no pude tomar esa decisión. La fe es la que toma esas decisiones. Me pongo a preparar algo de comida. Esos panqueques no se cocinan solos.

"Claro que lo hará", dice Faith, pero su tono no es convincente.

Vierto los ingredientes secos en un bol y mezclo el suero de leche y los huevos.

"Simplemente lo tomaron por sorpresa. Quiero decir... eres una especie de héroe y escucharte hablarle así fue realmente cruel".

Hay un pequeño momento de silencio durante el cual pongo un poco de mantequilla en la plancha. Hace un agradable sonido chisporroteante.

"¿No tienes nada que decir por ti mismo?"

Levanto la cabeza y me doy cuenta de que la hermanastra me está hablando. "No precisamente." Me encojo de hombros y vuelvo a mis pasteles. "¿Cuánta hambre tienes?"

"No tengo nada de hambre".

"Muerto de hambre", responde Faith.

"Haré dos docenas. Podemos congelar los extras y tú puedes bombardear uno si tienes hambre".

"¡No puedo creer que ustedes dos estén hablando de comida ahora mismo!" chilla Trish.

"Ella tiene razón", añade Faith. "Tenemos que hacer algo con ella. ¿Podemos enviarla a King's?

"Pudimos." Doy la vuelta a los pasteles y sonrío con satisfacción ante el perfecto acabado dorado. "Pero entonces tendría que dejar que King me disparara al menos una vez".

"Bueno, eso no es bueno".

"¿Quién es el rey?"

"Es un tipo rico que vive calle abajo", respondo. Tal vez si simplemente me dispara en la parte carnosa de mi muslo, estaría bien. Al menos nos libraríamos de esta arpía.

"¿No podrías pagarle?"

"En realidad, no dirige un hotel". Y no necesita el dinero. Al igual que yo, él se las arregló en una vida antigua y recurrió al bosque en busca de privacidad. No sé mucho sobre su historia. No es algo que necesito saber. Asimismo, me dejó en paz.

"No me voy de aquí. Ben volverá tan pronto como su..."—Trish agita su mano—"lo que sea que esté pasando pase".

"¿Por qué no llamarlo?" Yo sugiero. La primera ronda de pasteles está lista. Apilo una pila pequeña y vierto las fresas encima. "¿Crema batida?" Pregunto, señalando el cuenco de leche batida y azúcar.

"Nunca es necesario hacer esa pregunta porque la respuesta siempre será sí", declara Faith. Se aleja del lado de Trish y se acerca al mostrador. Le agarro un tenedor y le sirvo un vaso de leche.

"¿Qué estamos haciendo con la chica?"

"No sé." Faith parece un poco indefensa. "Hace demasiado frío para echarla".

"Sólo tengo un dormitorio", le digo.

"Lo sé y créeme, yo tampoco quiero pasar Navidad con ella".

"Dios, estas decoraciones son de mal gusto. No puedo creer que con todo tu dinero estés imponiendo este tipo de cosas a Faith", anuncia Trish en voz alta.

Faith se da vuelta, con el tenedor levantado como un arma. "Las decoraciones son impresionantes y rústicas."

"¿Rústico? Así llamas bombillas pintadas y ¿qué son esas cosas en el árbol? ¿Estas masas aplastadas?

"Son muñecos de nieve", respondo con rigidez. Hacer decoraciones caseras no es lo mío. Puedo cocinar, mantener la casa ordenada, codificar un poco si me apetece, cortar leña y cortar el césped. Deslizo una mirada hacia Faith. ¿Es eso suficiente para ella?

"Cualquiera que tenga ojos puede ver que son muñecos de nieve, Trish". Faith se acerca al árbol y le arrebata el adorno de la mano a Trish. "Aquí todo es casero porque así lo queremos. Ya escuchaste a Ben. Mi hombre podría comprar toda la industria de la decoración navideña, pero como se preocupa tanto por mí, hizo todo esto por mí".

"¿Tu hombre?"

¿Mi hombre? Un pulso de energía recorre mi columna y se instala en mi polla. Esa es la primera palabra de propiedad que escucho de su boca y suena muy bien.

"Sí, mi hombre". Faith deja el árbol para venir a estar a mi lado. Enrosca una mano alrededor de mis bíceps y mira desafiante a su hermanastra. "Él me alimenta, cuida a Smittens y se queda despierto toda la noche para asegurarse de que nuestra casa esté bellamente decorada para Navidad. ¿Qué está haciendo tu hombre? Oh, es cierto, a la primera señal de conflicto, metió el rabo entre las piernas y salió corriendo. No me gusta jugar juegos de comparación porque eso no es saludable, pero creo que es obvio quién está ganando aquí y no eres tú".

A Trish se le cae la mandíbula y, a decir verdad, la mía también estaría en el suelo si no apretara los dientes. Quizás cuando Faith dijo que quería follar, lo que realmente quería decir era que quería ser amada. Solo ha pasado un día y la mayoría de la gente diría que no puedes enamorarte así, pero en el momento en que la vi supe que ella era la indicada para mí. Para mí, dado que todo lo que realmente sé son líneas de código, cómo crecen los árboles y que Bear es el mejor perro del mundo, follarla era la forma de decirle que la amaba. Pero Faith necesitaba verlo. No hice las decoraciones, ni pinté los bulbos, ni corté el árbol para que ella se enamorara de mí; Lo hice porque quería que ella fuera feliz.

Tomo su mano y la llevo a mi boca. "Te amo, Fe."

Esta vez se queda boquiabierta. "¿Me amas?"

"Sí." Apago el fuego, le quito el tenedor de la mano y asiento con la cabeza hacia Trish. "Hay llaves de mi camioneta colgadas junto a la puerta trasera. Si sales de aquí en los próximos cinco minutos, puedes quedarte con el camión y te enviaré cien mil dólares antes de que acabe el día.

"Tú no—"

Pongo mi boca sobre la de Faith y beso su protesta. Mi cuenta bancaria tiene tantos ceros que podría haberle escrito a Trish un cheque de diez cifras y no sentirlo. Además, ninguna cantidad es demasiado alta para pasar un tiempo a solas con Faith. La levanto en mis brazos y la llevo por el pasillo hasta el dormitorio. No sé si Trish se va. Realmente no me importa. Lo que sí sé es que amo a Faith y necesito demostrarle cuánto, no sólo con adornos navideños, panqueques y comida para su gato, sino con mi cuerpo.

La acuesto en la cama y me alejo de ella. "No quiero follarte, Faith", le digo. "Quiero amarte."

"Oh", es su suave respuesta, seguida rápidamente de un puñetazo en el brazo. "¿Por qué no dijiste eso?"

Froto el lugar donde hizo contacto. "¿Para qué fue el golpe?"

"¿Por qué siempre me pedías que..." Ella hace un pequeño movimiento con el puño.

Me trago una carcajada ante su timidez. Hace apenas veinticuatro horas, tenía mi cara enterrada entre sus piernas y mi lengua en su coño, pero ella no se atreve a decir joder y hay algo muy entrañable en eso. Quiero tomarla en mis brazos y besarla hasta que se ponga roja de deseo y risa. "Querías sexo de venganza. Quería darte eso, pero también porque eres tan jodidamente sexy que a veces lo único en lo que puedo pensar es en probarte, en sentirte.

Ella mira hacia arriba a través de sus pestañas. "Nadie había sentido eso por mí antes".

"Mejor no o tendría que matarlo". Tiro de su camisa. Ella me deja lograrlo.

"¿Es así lo que sientes por Ben?"

"Es mejor no decir su nombre en nuestra cama". Le quitan el trasero a continuación.

"Oh, ¿qué pasará si lo hago?" Ella se burla mientras me ayuda a quitarme la ropa.

"Todo el mundo necesita saber que eres mía, así que tendré que marcarte aquí". Dibujo un corazón en su pecho. "Y aquí." Me muevo hacia abajo, donde sus bragas protegen su sexo. "E incluso aquí". Alcanzo sus dedos de los pies.

"¿Que tal aquí?" Ella se toca los labios.

Tomo su barbilla. "Especialmente allí".

Entonces la beso fuerte, porque ha pasado un tiempo desde que tuve mi boca sobre ella. Me agacho y acaricio su coño a través de su ropa interior. Está mojada y lista contra mis dedos. Me deslizo debajo del elástico y presiono hacia adentro. El jadeo que escapa de ella se dispara dentro de mi cuerpo. Mi polla cuelga pesadamente entre mis piernas.

Juegos previos, me digo a mí mismo. Necesito hacer algunos juegos previos, pero me duele la polla y la necesidad de tomarla, reclamarla como mía es abrumadora. Salgo de su boca y deslizo mis labios por su mandíbula. "Tengo que llevarte ahora".

No es una exigencia sino una súplica. Sus labios se curvan mientras asiente. "Aférrate a mí." Tomo mi pesada polla en mis manos y la presiono contra su núcleo húmedo y caliente. Está apretada, tan apretada que creo que no voy a encajar. Sus uñas se clavan en mi piel. "Todo va a estar bien", le digo, aunque no estoy seguro de que así sea. Ella es tan pequeña.

"¿Te haces más pequeño?"

"No". En todo caso, estoy creciendo con cada segundo que paso con mi punta rodeada de su calor. Vuelvo a tomar su boca y la beso con tranquilidad, como promesa, con amor. Ella me recibe con la misma pasión y me deslizo un poco más y luego un poco más hasta que estoy completamente sentado. Me duelen los músculos por el esfuerzo de contenerme. Se me ha formado sudor en el pecho y la frente. Sus uñas han creado hendiduras en mi piel.

Nunca me he sentido mejor. Podría mover una montaña ahora mismo.

Empiezo a moverme, arrastrando mi polla por sus tejidos suaves y sensibles. Ella se arquea, desesperada por el contacto.

Liberándose de mi boca, jadea: "No me dejes".

La miro a los ojos. "Nunca." Y luego vuelvo de golpe a mi lugar.

Un grito sale volando de ella. Los tacones se clavan en mi espalda mientras ella me aprieta fuerte contra ella. La acaricio con mi polla hasta que toda su cara se transforma cuando el orgasmo la alcanza. Sus párpados se cierran y la piel se estira a lo largo de sus pómulos. Un rubor rojo la cubre de pies a cabeza y la alegría inunda su expresión. Es la misma alegría que siente cuando habla de su suéter con luces, sus Smittens o sus panqueques, excepto que es cien veces más brillante y hermoso, y quiero verlo en su rostro todos los días hasta que me muera.

Mi propio orgasmo me invade y bombeo mi semilla en su acogedor cuerpo. La voy a dejar embarazada. Voy a darle un bebé. Voy a conservarla para siemprc.

Sí. Sí. "Sí", grito.

Mi eyaculación dura para siempre, arrojando una semilla lechosa en su apretado tornillo hasta que todo mi cuerpo se siente drenado. Me desplomo, rodando hacia un lado y poniéndola encima de mí para no perder el contacto. Su cabello está pegado a su cara. Aparto algunos mechones.

"Encaja", bromeo.

"Lo hizo." Ella se ríe, brillante y ruidosamente. "No pensé que lo haría, pero, oh Dios mío, así fue".

Le acaricio la espalda con una mano, maravillándome de cómo la Navidad pasada estuve sola con Bear como compañía, pero ahora tengo a Faith.

"¿Qué estás pensando?" Sus labios se mueven contra mi cuello.

"Que tengo mucha suerte de que tuvieras que orinar tanto que viniste por mi camino". Da un poco de miedo pensar que casi nos extrañamos. Podría haber ido a King's y yo nunca la habría conocido.

"Nos habríamos encontrado", dice como si pudiera leer mi mente. "Habría ido a la ciudad, te habría visto en el supermercado y te habría seguido a casa".

"No, creo que esa es mi historia. Una mirada a ti y estaba perdido.

"Nunca creí en el amor a primera vista", confiesa. "¿Y tú?"

"Nunca creí en el amor".

"¿Cómo?"

"Nunca nadie me lo dio. Nunca tuve a quién dárselo. Crecí en hogares de acogida y tan pronto como pude cuidar de mí mismo, me largué". Las computadoras, los números y los billetes de un dólar me mantenían ocupado. Nunca pensé que necesitaría algo más, no hasta que llegó Faith.

"Bueno, ahora estoy aquí, así que será mejor que creas en ello".

Inclino mi cabeza para que pueda ver la sinceridad en mis ojos. "No hay nada en lo que creo más que en ti, Faith".

Epílogo

conexión

"¿Qué tamaño de árbol quieres que consiga?" Le pregunto a mi mujer, que está sentada en el sofá frente al televisor. Bear está acurrucada sobre sus pies mientras Smittens se ha instalado en el respaldo del sofá. Smittens ha estado de mal humor durante los últimos meses desde que su lugar favorito para descansar, el regazo de Faith, quedó ocupado.

Faith se pasa una mano por el estómago. "No sé. ¿Quizás sólo uno pequeño? Este año no me siento muy navideño".

Dejo de glasear las galletas de los muñecos de nieve y miro a mi bebé consternada. ¿Acaba de decir que no sentía el espíritu navideño? ¿Mi fe? Ella es de las que alargan los adornos en octubre. Las luces que delineaban el techo del albergue se colgaron antes de que me comiera todos los dulces de Halloween. Cajas de almacenamiento llenas de adornos, oropel y luces están esparcidas por la sala de estar.

"Es que es mucho trabajo y no sé si me siento con ganas de hacerlo". Ella lanza una mirada culpable en mi dirección. "¿Eso es terrible?"

"No". Preocupante, pero no terrible. Dejo el tubo de glaseado y cruzo la habitación para unirme a ella. "¿Estás bien por lo demás?"

Ella apoya su cabeza en mi hombro. "Sí, estoy listo para que aparezca el pequeño. Tengo que confesar que realmente pensé que me gustaría más el embarazo. Me encantan los bebés y todas estas fotos de mujeres embarazadas en Insta me emocionaron mucho. Al principio fue increíble, pero ahora estoy lista para que salga el pequeño". Se golpea ligeramente el vientre. "¿Por qué tardas tanto, pequeña?"

Capto su mano y la presiono contra mi boca. "Sentarse allí parece muchísimo mejor que venir aquí. Las temperaturas del viento se sentirán como negativas 14 mañana".

"Eso suena horrible."

Le doy otro beso en la mano y vuelvo a los fogones, donde se ha estado calentando la sidra caliente. Pongo un poco de la mezcla en una taza y se la llevo a Faith junto con un par de galletas. "Hace el clima perfecto para quedarse adentro junto a la chimenea".

"Iba a salir contigo a buscar el árbol, ¿recuerdas?"

"Bear y yo sabemos lo que estamos haciendo. Además, estaba preocupada por ti ahí afuera en la nieve.

";Estabas?"

"Sí, pero no quería decir nada. Preferiría que te sentaras en este sofá y miraras televisión con Smittens que tener que hacer cualquier cosa. Ayer casi me da un infarto cuando llegué a casa y vi todas las cajas afuera".

"Los adornos son realmente ligeros".

"UH Huh."

"Está bien. Ve y tráeme un árbol. Supongo que es una especie de tradición que lo elijas".

Me levanto y tiro otro leño al fuego. El volumen de la televisión ha sido silenciado. Lo subo y tiro el control remoto a su lado. "Voy a ir a buscar un arbolito y alguna otra mierda. Quédate debajo de la manta y mantente abrigado".

Le doy un beso rápido y salgo corriendo de la casa antes de que pueda cambiar de opinión. Pero ella tiene razón. Es tradición. El primer año, ella no podía creer que no celebrara la Navidad y el segundo año, encontré el árbol perfecto cuando estaba limpiando algunas ramas caídas que se habían desprendido durante una tormenta. Lo corté y lo arrastré hacia atrás. Era sólo finales de octubre y la nieve apenas había cubierto el suelo, pero Faith estaba tremendamente feliz. Incluso pedimos un soporte para no tener que usar sacos de arena ni cuerdas. Este año íbamos a ir juntas, en parte porque me sentía culpable de estar siempre escogiendo su árbol. Pero sí me preocupaba que ella vagara por el bosque estando embarazada de ocho meses.

Bear y yo localizamos un árbol perfecto, no tan grande que resulte abrumador para Faith y no tan pequeño que ella sienta que está recreando el especial de Navidad de Charlie Brown. Vimos todos los especiales el año pasado. Ese es mi favorito junto con el tipo grande con el traje de elfo porque es identificable con esa mierda. Yo tampoco sería un buen elfo. Los elfos deben ser pequeños, como Faith. Ella sería la elfa perfecta, no es que vaya a dejar que incluso Santa se la robe.

Corto el árbol y emprendemos el camino a casa. El modesto albergue que había construido cuando me mudé por primera vez tiene una bonita adición acristalada que estaba oscura cuando me fui, pero ahora está totalmente iluminada y hay gente moviéndose. "¿Qué está pasando, oso?"

Él resopla en respuesta antes de correr hacia la puerta trasera. Mantengo mis ojos en el interior esperando a que Faith cruce frente a uno de los muchos paneles de vidrio. Cuando llego al porche, he contado diez personas, entre ellas la vieja Karen y Henry, King y algunas otras que no reconozco.

Cuando abro la puerta, Faith está ahí para recibirme. "¡Sorpresa!" ella grita.

"¿Qué diablos él-"

Ella me tapa la boca con una mano. "Está tan feliz de que estén todos aquí", grita alegremente. A mí, me dice, "coloqué el árbol allí. Bueno, no lo hice. King insistió pero está listo para ti".

Le lanzo a King una mirada agradecida que él reconoce con un ligero movimiento de cabeza. "¿Qué está pasando, nena?"

"Hayley llamó y quería saber la receta de la sidra que siempre haces. Nos pusimos a hablar y decidimos que organizaríamos una fiesta para podar el árbol de Navidad".

Todas las objeciones a esto desaparecen de mi cabeza cuando miro el rostro de mi radiante esposa.

"No te importa, ¿verdad?" ella susurra en voz baja.

"Diablos, no." Joder, bailaría desnudo en Times Square para ponerle una sonrisa así en la cara. Dejé el árbol en el soporte. King coloca los estabilizadores en su lugar y su nueva esposa extiende una tela de color tartán alrededor de la base. Con toda la ayuda, las decoraciones se colocan en un abrir y cerrar de ojos. Muy pronto los muebles fueron retirados, las luces bajadas y Faith está en mis brazos, presionando su mejilla redonda contra mi pecho. Me balanceo con la música, abrazándola cerca.

"Esta es la Navidad con la que siempre he soñado", dice. "Amigos, familiares y, sobre todo, tú".

"¿A mí?" Nunca he sido el sueño de nadie.

"Sí, cuando era joven, siempre me imaginé pasando estas vacaciones mágicas con alguien que me amaba tanto como yo a él, así que, sí, este es realmente mi sueño hecho realidad".

Epílogo

Fe

Años después

Gimo por la deliciosa bondad mientras robo otro bocado. "Sabía que te encontraría aquí". Me giro al escuchar la voz de mi esposo mientras me meto el resto de la galleta en la boca.

"Puedo ser Santa", digo con la boca llena de la última galleta del plato. Tomo el vaso de leche y lo termino también. Conn se ríe mientras se acerca a besarme. Suspiro en su boca mientras su mano frota el pequeño bulto que ya se está formando. Estamos esperando nuestro tercer y último bebé. Aunque he dicho en cada embarazo que sería el último, tan pronto como el bebé se convierte en un niño pequeño empiezo a querer otro. Conn siempre está dispuesto a darme lo que quiera. Si solo quisiera uno, él habría estado feliz con eso. Dijo que estaría más que dispuesto a darme tantos como quisiera porque le encanta verme con su hijo.

"Eres el Papá Noel perfecto, cariño". Me levanta y me sienta en el mostrador. Lo miro fijamente por un momento, pensando en cómo llegamos a ser hace tantos años. Siempre me siento un poco nostálgico en esta época del año, además las hormonas del embarazo contribuyen un poco a eso.

"Lo extraño aquí". Miro a mi alrededor, hacia nuestra pequeña cabaña que solíamos llamar hogar. Ahora sólo lo usamos para Navidad. Es una tradición quedarse aquí en Nochebuena. La llamamos nuestra casa de Navidad porque eso es exactamente lo que es. Conn había tardado meses en convencerme de que me mudara de aquí, pero sabía que tenía razón. Este lugar se nos quedó pequeño cuando tuvimos nuestro primer hijo y luego, cuando llegó el segundo, supe que había llegado el momento. Tuve que dejarlo pasar, pero sólo después de que Conn prometiera que seguiríamos celebrando la Navidad aquí. Vale, no sé si a construir una casa a un kilómetro y medio de distancia se le llama "dejarlo ir", pero aun así. Técnicamente ya no nos quedamos aquí, excepto en

Nochebuena. De vez en cuando, Conn y yo nos escabullimos aquí para tener una cita nocturna sin los pequeños, pero eso nunca dura más de unas pocas horas.

"Nuestra casa se ve exactamente así". Resoplé una carcajada. Me quedé con el aspecto rústico cuando construimos nuestro nuevo lugar, pero no es tan rústico. Tiene todas las comodidades modernas pero no es demasiado lujoso.

"Podemos venir aquí en cualquier momento. Estoy bastante seguro de que te cogí en ese sofá hace dos semanas.

Coloco mis manos sobre su pecho. Eso lo hizo y fue alucinante. Sin embargo, eso no es nada nuevo para nosotros. Desde el momento en que entramos en la vida del otro, sentimos una atracción innegable el uno por el otro.

"Lo hiciste." Sonrío, inclinando la cabeza hacia atrás para ofrecerle un beso. Él lo toma. Aunque nos hemos besado miles de veces, nunca me canso de él.

"¿Quieres que te haga más galletas?" el ofrece. Lo hago, pero lo quiero más que cualquier otro regalo en este momento.

"Estoy bien." Deslizo mis manos por su pecho y las envuelvo alrededor de su cuello. "¿Están dormidos?"

"Se desmayaron enseguida".

"Mentiroso." Lleva más de una hora acostando a nuestros dos pequeños. Apuesto a que lo convencieron para escribir cuatro libros más. Puede parecer intimidante, pero nuestros hijos lo tienen entre sus dedos. Es un buen padre. Sabía que lo sería. Quería que mis hijos tuvieran la infancia que siempre soñé. Con dos padres que los amaban y adoraban. Quería que supieran que siempre serían lo primero y que serían amados. Puede que Conn y yo no hayamos tenido eso, pero nuestros hijos sí.

"Yo lo llamo estirar la verdad. Se desmayaron enseguida". Él sonríe. "Después del quinto libro más o menos". Me río contra él, tirándolo hacia abajo para darle otro beso. Sabía que eso era lo que pasaba porque Conn es un tonto cuando se trata de nuestros hijos. Es adorable.

"Este lugar guarda tantos recuerdos. Tuvimos todas nuestras primicias aquí. Nuestro primer beso, nuestro primer árbol, nuestro primer hijo". Miro a mi alrededor todas las decoraciones caseras que están esparcidas por todas partes. Hemos convertido en una tradición hacer decoraciones con cualquier cosa que podamos encontrar, tal como lo hizo Conn conmigo cuando nos conocimos. Ese recuerdo me hace sonreír. Bear yace cerca de la chimenea con Smittens encima de él como de costumbre. Han sido inseparables desde el momento en que se conocieron y eso no ha cambiado nada.

"Te amo", dice Conn, mirándome.

"Yo también te amo." Me levanta y me lleva hacia el sofá. Se sienta conmigo en su regazo y me muevo sobre su dureza.

"¿Quieres tu regalo de Navidad temprano?" Me muevo de nuevo, haciéndolo gemir.

"Tú eres mi regalo. El día que entraste en mi vida fue el mejor regalo que pude haber pedido. Entonces me amaste y no pensé que podría ser mejor que eso hasta que me diste una familia". Las lágrimas brotan de mis ojos ante sus palabras. "Tengo fe. ¿Qué más puedo pedir?

"En el momento en que encendí mi suéter supe que estabas perdido". Él sonríe antes de darme un beso en los labios.

"Basta de esta dulce charla. Ya que estás sentada en mi regazo, dulce niña, ¿por qué no me dices si has sido amable o traviesa?

Me río contra sus labios. "Definitivamente travieso".

Don't miss out!

Visit the website below and you can sign up to receive emails whenever Ashley Colem publishes a new book. There's no charge and no obligation.

https://books2read.com/r/B-A-TMQAB-AJNTC

Connecting independent readers to independent writers.

Mis hombres sacan a una joven con curvas de las garras de la muerte en medio de una gélida noche de Moscú y me la traen a mí, un jefe de la mafia rusa.

Es la primera vez que veo a una mujer tan inocente, tan real, tan perfecta. Y también es la primera vez que siento que esta necesidad incontrolable se apodera de mí y me exige que haga mío a alguien.

Pero ella no es alguien. Ella es la única a la que este hombre mayor ha deseado.

Y la primera vez que descubro que soy amigo de su padre desde hace años y a kilómetros de distancia, solo reafirma que esto es el destino, está destinado a ser. Y los cabrones que querían hacerle daño ya sellaron su propio destino, su propia sentencia de muerte, al poner sus manos en lo que siempre estuvo destinado a ser mío.

Voy a liberarla de su turbulento pasado, pero hay una cosa de la que nunca se liberará. A mí. Le estoy poniendo un bebe en el vientrey un diamante anillo en su dedo. Ella es mía ahora… para siempre.

Also by Ashley Colem

Bien Trop Brutal
Obsede Par Elle
Limite dépassée
Amour Improbable
Kataliya, la Parfaite Élue
Le Choix Ultime d'un Seul Amour
Réveille-toi, Barbara
Sexe à Répétition
Taïna est en feu
Captive d'une Nuit Enneigée: Jusqu'à ce qu'elle apparaisse et que son âme se sente captivée
Ces Attouchements Tabous: Cette nuit-là, il a changé ma vie pour toujours
Épuisement: Sienna est peut-être jeune, mais son corps sait ce dont il a besoin
Il va l'avoir: William veut Jesse plus que tout au monde
La Femme de ses Rêves: Il est obsédé par la jeune beauté qui lui a volé son cœur
Le No 1 des Connards: Il ne cherche pas d'excuses pour ce qu'il est ou ce qu'il fait
L'étrange Mariage du Milliardaire
Maintenant... Elle est à moi pour Toujours: Je mets un bébé dans son ventre et une bague en diamant à son doigt
Piégé par elle

Tenir si Fort: Il ne savait pas qu'une obsession pouvait s'emparer de lui aussi fort

Un Alpha de Mauvais Caractère: Aucune femme n'a jamais été capable de le gérer

Un Échange Très Étrange: Le destin de Cian et de Serenity, croisés dans un lycée américain

Limite Superato

Amore Improbabile

Kataliya, la Perfetta

La Scelta Definitiva di un Singolo Amore

Sesso ripetuto

Taina è in Fiamme

Esaurimento

Intrappolato da lei

La Donna dei Suoi Sogni

Lo Stronzo #1

Ora è mia... per sempre

Prigioniero in una Notte di Neve

Sta per Averla

Stringere Così Forte

Obsession: Tout a changé la première fois que Jackson a vu Dina

Svegliati, Barbara: Stare con Clark diventa un grosso problema

Agarra tan Fuerte

Atrapado por ella

Cautivo en una Noche de Nieve

El Éxtasis de lo Prohibido: Después de que Nadia descubre que Bady la engaña

El gilipollas nº 1: No pone excusas por lo que es o por lo que hace

Ella es mía Ahora... Para Siempre

La Mujer de sus Sueños

L'estasi del Proibito: Dopo che Nadia scopre che Bady la tradisce

L'extase de l'interdit: Après que Nadia découvre que Bady la trompe

Límite Excedido

Obsesionado con ella: Finalmente tengo la oportunidad de hacerla mía
Taïna está en llamas
Un Alfa con mal Carácter

www.ingramcontent.com/pod-product-compliance
Lightning Source LLC
Chambersburg PA
CBHW071357130726
47996CB00002B/969